Governo do Estado de São Paulo e Secretaria de Cultura apresentam:

EXTEMPORÂNEO

Alexey Dodsworth

Realização

Copyright © Alexey Dodsworth

Edição
Priscilla Lhacer

Revisão técnica
Sabine Mendes Moura

Capa
Studio DelRey

Diagramação
Milá Bottura Dias

ISBN: 978-85-93158-02-5
CIP – BRASIL. CATALOGAÇÃO NA PUBLICAÇÃO
Bibliotecário responsável: Lucas Rafael Pessota CRB-8/9632

```
P647e    Dodsworth, Alexey
             Extemporâneo / Alexey Dodsworth. — São
         Bernardo do Campo : Presságio, 2016.
             226 p.

             ISBN 978-85-93158-02-5
             ISBN 978-85-93158-13-1 (digital)

             1. Ficção brasileira 2. Fantasia I. Título.

                                              CDD 869
```

Todos os direitos desta edição reservados à
Presságio Editora
São Bernardo do Campo, SP
http://pressag.io

Impresso no Brasil

Em memória de Angela Schaun (1955-2016),
Pelo vinho, pelos risos. Por não sair mansamente.

PREFÁCIO

O ano de 2015 tinha apenas começado quando fiz contato com Alexey, perguntando se ele gostaria de escrever na Babel Cultural – um projeto on-line iniciante, pequeno e sem repercussão. Imaginei que Alexey pudesse nos brindar com seu talento bem-humorado, divertido e irônico, em crônicas, artigos, indicações literárias e afins. Entretanto, ele sugeriu abordar ficção, fantasia e filosofia, assuntos que domina com maestria.

Dias depois, uma nova proposta: escrevendo um terceiro livro, Alexey ofereceu ao pequeno portal a publicação de "Extemporâneo" em capítulos. Um por semana. Narrativas com começo, meio e fim, ligando-se entre si até o desfecho. A ideia era que, ao final, se desse a publicação digital da novela, com os direitos do autor revertidos para a Casa de Apoio à Criança com Câncer.

A empreitada seguiu até o nono capítulo, com leitores vorazes pela continuação a cada semana e, então, estancou. Selecionado pelo Programa de Ação Cultural do Governo do Estado de São Paulo (ProAC) na coleção "Infinitos Mundos", o final da história ficou para agora, com ainda mais perspectivas sobre uma imprevisível realidade inventada.

...

Existe a possibilidade de nada ser como imaginamos? De, apesar do calendário parecer avançar, o tempo como o conhecemos ser apenas uma ilusão quantitativa?

A memória é nosso senso de continuidade. Ela nos dá a certeza de quem somos e nos faz capazes de afirmar: *eu sou esse ser*. Nossa vivência fica registrada em algum canto de nós e, mesmo que detalhes do passado nos escapem e lembranças se tornem, eventualmente, difusas, ainda assim conseguimos nos localizar no contexto da nossa biografia individual e coletiva.

Em "Extemporâneo", a realidade cotidiana se esfumaça. Para a personagem central, as recordações se desprendem do concreto a cada dia. Após a meia-noite, ela se transforma em um novo indivíduo, com outro nome, em outro lugar, relacionando-se com pessoas diferentes que podem ou não existir no seu dia seguinte, em situações absolutamente originais (e até surreais). Uma existência paralela. Experimentamos o paralelo em sonhos, mas, nos devaneios noturnos, transitamos com nossa própria imagem. Em "Extemporâneo", as coisas são mais complexas. A personagem, ainda que seja a mesma, é, ao mesmo tempo, diferente a cada vez.

Em cenários singulares e trajetórias incertas, na linha irremediável do tempo e do espaço, essa personagem a cada dia vestida com uma nova roupagem humana – ora homem, ora mulher, ora... –, está aprisionada num único dia. *Sempre o mesmo dia, nunca o mesmo dia*, em uma constante impermanência, a personagem se vê encadeada em um enigma frequente – e um pouco apavorante – ante a urgência de descobrir o que está acontecendo e como sair do círculo vicioso. Mas ela tem apenas o intervalo de uma noite de sono para (tentar) entender essa múltipla existência...

Será que isso só acontece com essa personagem? "Extemporâneo" é um livro cheio de mistérios e quebra-cabeças que podem ou não ser desvendados. Passeando sutilmente pela magia, religião, racismo, transfobia, homofobia, adolescência e até pela velhice, a trama nos leva a refletir sobre como nossas escolhas e decisões podem dar um sentido duplo (e, até mesmo, equivocado) aos acontecimentos que nos assolam, para o bem e para o mal.

Na intrigante subdivisão de capítulos, é o *zero* que nos acena: *vai começar tudo de novo...*

Sempre o mesmo dia. Nunca o mesmo dia.

São Paulo, Brasil, dezembro de 2016.
Débora Böttcher.

1

**Rio de Janeiro,
14 de janeiro de 2015.**

  Não vou começar dizendo "era uma vez", eu não tenho esse direito. No meu caso, é sempre a mesma droga de vez. Sem metáforas envolvidas, por favor entenda que estou sendo literal. Acha complicado? A única forma de fazer você entender é descrever o que há de extraordinário em minha banalidade:

  Abro os olhos e nem preciso perder tempo procurando relógios, pois há um, enorme, digital, gritando oito horas da manhã na parede laranja de gosto duvidoso à minha frente. Dou-me conta de que, pelo menos dessa vez, acordei cedo e estou só em minha cama. Ótimo. É uma retumbante merda quando tenho de fingir que sei quem é a outra pessoa. Acordar sem ninguém ao lado me poupa de boa parte do stress, ao menos até que as informações se organizem na confusão involuntária da minha cabeça.

  Apalpo a região entre minhas pernas, como sempre faço ao acordar. Movimento tão simples que, prontamente, me rotula em um conjunto de universais cujas verdades me antecedem. Macho ou fêmea? Isso determina destinos. Acordei homem dessa vez. Levarei algum tempo até descobrir se isso constitui alguma vantagem, já que tudo depende da nova realidade em que desperto. Tudo depende das contingências, a única coisa de fato constante é a droga das contingências. Eu sei, eu sei, deve existir algum tipo de contradição lógica nessa afirmação, mas que se dane.

  Há algo de instintivo em minha averiguação sexual. Admito que minha maior curiosidade a cada despertar não é se agora tenho ou não tenho dinheiro, ou em qual país me encontro. O que sempre me mobiliza primeiro é saber meu sexo biológico. Talvez sejamos todos, independentemente das realidades nas quais nos encontramos, obcecados por nossas genitálias. Quanto à preferência sexual, terei que ter mais paciência e descobrir qual é, ao longo do dia. É duro, mas eu não sei – ainda – quem sou e do que gosto.

Era uma vez? Não, o "era", aqui, não tem cabimento, eu não tenho passado. É sempre a mesma droga de vez: 14 de janeiro de 2015. 14 de janeiro como sempre, mas, agora, com um quarto bem iluminado, ufa. A sensação do vento fresco, com um leve aroma marítimo a se derramar de minha janela, me faz acreditar que é verão, portanto, estou em algum lugar do Hemisfério Sul. Não preciso de tanto tempo para confirmar as suspeitas, já que a paisagem revela que estou no Rio de Janeiro, ou seja lá qual for o nome da cidade nesse mundo. Tenho quase certeza de que essa não é a primeira vez que acordo no Rio. Lembro-me vagamente de duas situações anteriores, há uns trezentos e tanto despertares. Veja você que há algo de tendencioso nessa agência de turismo metafísica. Eu poderia ter acordado em Nova Délhi, ou no interior da França, ou em uma cidade no continente africano. Ora, eu poderia ter acordado em qualquer lugar deste mundo imenso. Mas cá estou eu, novamente, no Rio de Janeiro. Mais uma razão para sair de minha posição passiva e tentar investigar, afinal, o que diabos está acontecendo comigo. Comigo e com esta porra de mundo.

Ando pelo quarto. Tropeço em roupas, caixas de pizza, garrafas plásticas de refrigerantes. Uma bagunça. Quem quer que eu seja agora, preciso urgentemente de alguma educação doméstica, e não seria nada mau consultar um decorador de interiores. A parede laranja é mesmo horrorosa, puta que pariu.

Após dois ou três minutos investigando o caos, encontro um caderno, a maior parte dele em branco. A contracapa informa um nome, em letras mais confusas do que meu próprio quarto, e as letras dizem:

George Becker.

Será que sou eu? Nem faço ideia, não ainda. As primeiras folhas têm alguns cálculos, por enquanto, incompreensíveis, mas farão sentido com o passar das horas. Se o autor for eu, é claro.

Talvez, eu seja um matemático, um engenheiro, algo do tipo. Talvez, eu seja bem inteligente, dessa vez. Seria uma vantagem e tanto ser inteligente.

Mas o que me interessa, no momento, são as folhas em branco. É delas que preciso. Necessito de algo que ainda não esteja preenchido e que me sirva de âncora. Não estou certa, digo, certo se meu plano vai funcionar. Mas não custa tentar. Prometi a mim mesma, digo, mesmo que tentaria escrever, ainda que eu não tenha ideia de como levar o relato para meu próximo despertar. Para meu próximo mundo.

Sou tirado de minhas meditações metafísicas por batidas na porta do quarto. Uma mulher pergunta:

– Gê? Já acordou?

Ai, merda. Não estou pronto, não me lembro de porra nenhuma. Tudo bem, podia ser pior. Eu poderia ter acordado com uma pessoa ao meu lado querendo me comer, não fazer ideia de quem ela era, e ter que pagar o mico de dar uma de louco, inventar que estou passando mal ou criar qualquer outra estratégia de distração até que as lembranças se encaixassem e alguma coisa fizesse sentido. Passei tanto por isso, que não deixa de ser um alívio acordar sozinho. Pena que, pelo visto, eu não moro sozinho.

– Quem é? – pergunto.

Risos do outro lado da porta.

– Deixa de brincadeira e abre logo essa porta, George, preciso te contar sobre ontem à noite! Deu tudo certo! Você não vai acreditar quando eu te contar!

Você nem imagina, amiguinha, penso. A essa altura do campeonato, não haveria nada que me espantasse. Ninguém acreditaria se *eu* contasse minhas histórias, isso sim.

Mas, pelo visto, eu sou mesmo o tal George Becker. Por enquanto, meu nome é tudo o que tenho a oferecer e o resto será dado ao longo das próximas horas. Quem eu sou e o que faço? São contingências, e elas sempre mudam. A vida é repleta de contingências:

eu sou homem, mas poderia ter sido mulher. Vejo que sou branco e loiro, mas poderia ser negro, oriental, poderia ter qualquer aparência, poderia ser qualquer pessoa no mundo.

Qualquer pessoa. Pensar nisso me causa arrepios: eu poderia ser qualquer pessoa neste mundo. Isso não lhe enche de terror? Pois deveria, já que o que acontece comigo também acontece com você.

A diferença é que você não lembra. Você, leitor, age como se tudo sempre tivesse sido como é agora. Você está enganado, leitor. Redondamente enganado, meu leitorzinho lindo. E eu, que nunca sei quem sou quando acordo, invejo sua magnífica ignorância.

Abro a porta e meu quarto é invadido por uma moça morena bonita, cujos cabelos lisos e negros escorrem até a altura dos seios. A maior parte de mim ainda é uma dançarina espanhola heterossexual do 14 de janeiro anterior e isso explica porque eu acho a mulher bonita, mas não sinto nada por ela. Até ontem, eu era uma dançarina espanhola especialista em dança do ventre e dava aulas em Madrid. Seria mais lógico se eu fosse dançarina de flamenco, mas, sabe-se lá por qual razão, eu era mais ligada a coisas egípcias e tinha um olho de Hórus tatuado na panturrilha esquerda. A verdade é que eu estou presa, perdão, preso no dia 14 de janeiro de 2015, e já faz tanto tempo que nem lembro quando, como ou por que começou. Não parece patético que minha identidade seja tão contingente, mas esta merda de dia seja imutável? Acho que seria menos assustador se eu estivesse trocando de mundo a cada vez que durmo, mas o tempo fluísse. Eu queria que o tempo passasse, porque, do jeito que as coisas têm sido, a impressão é bem ruim. Sensação de aprisionamento, sabe?

Imagino que, agora, eu talvez seja gay. Que sentido faria morar com uma morena linda, se não dormimos no mesmo quarto? Minha irmã ela não é, definitivamente. A aparência não bate. Além disso, irmãs não pegam no órgão genital dos irmãos quando começam uma conversa.

— Deu tudo certo, do jeito que planejamos — diz a moça.

— Ah, é? Então conta — respondo, rindo, tentando parecer

natural enquanto ela alisa meu pinto. Controlar a aversão da dançarina espanhola heterossexual dentro de mim seria difícil. Meu novo pau, pequeno e branquelo, nem dava mostras de endurecer, ainda que a moça não parasse de apertá-lo.

– Você, geralmente, acorda mais empolgadinho, Gê.
– Não dormi muito bem. Mas vamos lá, me conta.

É a deixa perfeita. Quanto mais ela tagarelar, mais tempo eu terei para que as memórias possam se reorganizar dentro de mim. Além disso, ela poderia me fornecer detalhes importantes sobre minha vida, e isso sempre termina exorcizando as memórias da vida passada.

Ah, leitor! Confesso sentir um tanto de inveja de você. Talvez eu fosse mais feliz se agraciado com amnésia e ignorância. Mas não sou. Não tenho como ser feliz assim. Todos os dias eu acordo e é sempre o mesmo dia mas, ao mesmo tempo, nunca é *o mesmo* dia, entende? Não é como acordar sempre em uma situação e reviver a história em um ciclo infinito. É verdade, isso seria uma bosta pior. Já devo ter lido algumas histórias em que a pessoa estava presa no mesmo dia da vida, obrigada a reviver uma situação indefinidamente, como se estivesse amaldiçoada por um eterno retorno nietzschiano de vinte e quatro horas. Esse argumento parece ser uma espécie de clichê da literatura fantástica em diversas realidades por onde passei. Não é meu caso, menos mal. Se, por um lado, estou preso no dia 14 de janeiro de 2015, por outro, pelo menos, não morrerei de tédio. A cada despertar, o calendário pode até ser imutável, mas o enredo jamais o é. Já notou que eu estou tergiversando, né? É o pânico. Eu não lembro de porra nenhuma e tem uma morena linda alisando meu pau.

Sentamos na cama, e a moça dispara:

– Eu saí com Mark ontem.

– Sim, tô sabendo – minto. – E aí, como foi?

– Cara, ele me levou num restaurante italiano horroroso. Mas, bem, era um restaurante autorizado, e eu é que não ia arriscar meu lindo pescocinho num lugar clandestino. Ele pagou os olhos da cara por comida ruim e eu enchi o bucho dele de vinho.

— Ah, sim? E depois?

— Depois? É óbvio que segui o plano e levei ele pra cama.

— Vocês foram a um motel?

A moça morena bonita me olha como se eu fosse demente e ri.

— Pirou? E me arriscar a ser presa? Não, claro que não! Eu trouxe ele pra cá, do jeito que a gente tinha combinado.

— Tinha...?

— Você usou alguma droga, George? Ou tá tirando uma com a minha cara? Como é que eu ia levar Mark Balzer a um motel sem irmos presos os dois? E, mesmo que eu pudesse, não teria como dar prosseguimento ao plano lá.

Isso tudo está me deixando realmente confuso. Minha cabeça gira e algumas coisas, pouco a pouco, parecem fazer sentido. O nome "Mark Balzer" me é familiar. Se eu me esforçar, acho que consigo lembrar do nome da garota morena. Só me resta prosseguir com o teatrinho e torcer pra não dar um furo que me faça parecer louco.

— Desculpe, desculpe, claro que não dava pra levar o cara num motel. Eu acabei de acordar, estou zonzo. Preciso tomar café.

— Tome suas pílulas de cafeína, ora. Estão em cima do frigobar.

— Claro... claro que estão – respondo, indo de encontro ao tal frasco e tomando duas doses. Talvez, ajudasse. Fosse qual fosse a vida, café era sempre um aliado. Jamais encontrei uma existência sem café. Era uma constante boa à qual se apegar.

Permaneço, por alguns segundos, olhando a paisagem lá fora e sentindo o vento delicioso do verão carioca batendo em meu rosto.

— Gê? – chama a garota.

Juliana. O nome dela, acho, é Juliana. Não, não! É Júlia!

— Desculpe, Júlia. Continue. E, depois que você trouxe Mark pra cá, o que aconteceu?

— Trepamos, ora!

— E foi bom pra você?

— Hã? Que merda de pergunta é essa, George Becker? Não vou dizer que foi uma delícia, mas também não foi nenhum horror. Chupei aquele pau ridículo dele um tempão, e, depois, foi do jeitinho que você tinha imaginado: ele curte umas paradas sado, como quase todo hitlerista típico.

— Sim, sim...hitlerista típico...

— Amarrei o cara, algemei, dei uma surra nele, enfiei um vibrador bem grosso na bunda dele e ele gozou como um elefante procriador.

— Com sua descrição tão viva, tenho certeza de que tudo fluiu bem – digo, tomando mais duas pílulas de cafeína. Pelo visto, eu iria precisar.

— O imbecil caiu direitinho em nossa armadilha e está lá embaixo, todo pelado, amarrado e amordaçado, no ponto certo pra você obrigá-lo a colaborar.

Esmago o frasco de cafeína por acidente e as pílulas saltitam no chão. Da forma como Júlia descreve, nós tínhamos planejado alguma coisa muito ilegal que tinha dado muito certo. Eu devia estar feliz, mas meus intestinos parecem ter descido um andar. Não é todo 14 de janeiro de 2015 que eu acordo com um alemão neonazista sadomasoquista nu e amarrado em meu apartamento. As coisas costumam ser mais prosaicas.

— Júlia, posso ficar sozinho uns minutos? Meia hora, no máximo? Preciso pensar.

A moça se estira na cama e põe-se a roer as unhas. Na verdade, arranca nacos imensos de pele com os dentes, como sempre fazia quando estava nervosa. *Como sempre fazia.* Eu já estava lembrando!

— Pensar em quê, George? Desça lá e force o cara a nos dar as informações, porra! Puta que pariu! O tempo está passando! Não é seu rabo que tá na reta!

— Trinta minutos, Júlia – insisto, mas com delicadeza.

– Depois eu prometo que desço e faço tudo o que for preciso. Melhor ainda: você poderia, por favor, sair e me comprar uma pílulas pra dor de cabeça?

– Poder eu posso, é só me dar a receita – diz ela, arrancando mais nacos de pele dos dedos.

– Receita pra remédio de dor de cabeça?

– Ah, que beleza, e você quer que eu faça o quê? Que arrisque a vida tentando comprar analgésicos no mercado negro?

Eis que um sino toca em minha cabeça: nesta realidade, é impossível comprar qualquer coisa numa farmácia sem receita médica. Outras lembranças tentavam se organizar, sob a forma de sentimentos. E nenhum deles era bom.

– Júlia, estou falando sério, eu preciso que você saia do apartamento só por meia hora, ok? Compre o que você quiser, qualquer coisa: frutas, revistas, sorvete, o que for. Apenas saia, se distraia e volte.

– Você está dando pra trás?

– Hein?

– George, seja sincero: você se arrependeu de nosso plano? (Ela se fere ao roer as unhas, que agonia!)

– Não, claro que não, Júlia! Eu só preciso de um tempo sozinho. Não posso explicar agora… apenas confie em mim!

– Então, me dê dinheiro.

– Hein?

– Dinheiro, George, dinheiro! Como eu posso "comprar qualquer coisa", se já atingi o limite do cartão-controle que o governo dá a sub-raças? Me dê dinheiro e uma porra de autorização pra eu poder justificar a compra, se algum policial me parar. Ou você quer que eu seja acusada de roubo pela *Polizei*?

– Não, não, você tem razão – respondo, instintivamente procurando minha carteira no bolso de uma jaqueta largada ao chão. E lá estava ela. Era a memória fazendo sua magia. Abro a carteira, retiro todas as notas de um dinheiro esquisito e as ofereço a Júlia.

— Tudo isso? Vão dizer que eu roubei! 100 *reichsmarks* estão de bom tamanho, Gê. Agora, só falta a autorização.

Vamos lá, memória, faça a sua parte, imploro a mim mesmo, angustiado e sem saber como se fazia uma "autorização" ou por que aquela mulher precisaria de uma licença minha para gastar dinheiro. Fico parado com cara de bobo e suando frio por alguns segundos, até que Júlia se levanta, ainda roendo as unhas, tira um cartão magnético platinado de minha carteira e diz:

— Deixa pra lá. Faço eu mesma. Eu tenho a senha.

— Ótimo. Eu só preciso de meia hora, Júlia. É sério, sei que parece estranho, mas tudo vai ficar melhor quando você voltar.

— Espero que sim, George. Você está me deixando preocupada. Espero, de verdade, que não esteja pensando em dar pra trás.

— Não estou, te juro!

— O que a gente fez, não dá pra desfazer. Agora, é preciso ir até o fim.

— Eu sei, Julia, eu sei. Vai dar tudo certo. Eu te amo.

Dizer que tudo vai ficar melhor é uma promessa que eu não sei se serei capaz de cumprir. "Eu te amo", por outro lado, é fato sólido. Mesmo com a memória embaralhada, a declaração de amor deve ser verdadeira, considerando o salto que meu coração deu. Isso me deixa feliz. Pelo menos nesta vida, um pouco de amor. Um pouco de amor é sempre melhor do que nada.

2

Por conta de algum fenômeno estranho, eu sempre me lembro da última vida com todos os detalhes. As horas passam e, gradualmente, vou esquecendo quem fui e passo a lembrar de quem sou agora. A depender da situação, isso pode ser angustiante, terrível e perigoso. Como, por exemplo, em uma outra vida em que, lembro vagamente, acordei homem em uma cidade devastada e dominada por gangues de lésbicas canibais. Eu não tinha ideia do que devia fazer para sobreviver. Quase morri e acho que teria morrido, se não tivesse achado narcolépticos numa farmácia em ruínas. Essa é minha rota de fuga. Quando a situação aperta, sono induzido é sempre uma forma eficiente de mudar de realidade, mas só funciona se eu dormir de modo a conseguir passar da meia-noite do dia 14 para o dia 15. Quando isso acontece, o ioiô metafísico do tempo rebobina e – bum! – lá estou eu de novo em 14 de janeiro de 2015. O *onde* e o *como* sempre mudam, mas o *quando* é sempre o mesmo, e eu não faço ideia de por que tudo isso está acontecendo. Entre o adormecer e o despertar, o único ponto em comum é a cachoeira. Eu *sempre* sonho que estou numa fila, e cada pessoa aguarda por sua vez de tomar banho. Faz calor, e isso é bizarro. Sei que existem sonhos realistas, mas sentir calor sonhando é meio que demais. Mas, enfim, todos parecem felizes diante da possibilidade de se refrescar na tal cachoeira, exceto eu. Eu estou *sempre* com medo e, quando chega a minha vez, saio correndo. Alguém – voz de mulher – grita "não!". Mas eu *sempre* desobedeço. Eu *sempre* fujo. Isso é igual todas as vezes.

Então, acordo.

Acordo e descubro que não sou mais quem eu era antes de dormir. Eu me lembro de quem fui, mesmo não sendo mais, e preciso de tempo até lembrar de quem sou desta vez. Por mais que eu me esforce e me apegue, as memórias da vida anterior se esvaem como a água se converte em vapor ao ser aquecida. Tudo o que me resta são reminiscências, cacos esparsos de minhas vidas passadas.

Aproveito que Júlia saiu e começo a escrever o que você lê agora. Está na cara que eu não vou poder levar meus escritos de uma vida para a outra, mas acho que vai me fazer bem anotar coisas sobre minha existência atual. Eu podia escrever sobre minha vida anterior, mas perderia horas preciosas do dia descrevendo o que já passou e, além disso, quanto mais o tempo passa, menos eu lembro. Veja que coisa: passaram-se apenas vinte minutos desde que acordei, e nem me lembro mais do sobrenome da dançarina espanhola que fui há algumas horas!

Um apagador metafísico borra as memórias pregressas, na exata proporção em que novas informações vão sendo escritas em meu cérebro. Agora eu sei, por exemplo, que tenho um almoço importante com minha irmã num restaurante em Ipanema, às 13h. Não sei como eu sei, é algo que surge do nada. Sei que todos os dias, religiosamente, eu acordo às oito horas e me exercito na bicicleta ergométrica no andar de baixo da cobertura. O meu antigo-eu-dançarina-espanhola se revolta com essa informação. Por que diabos alguém usaria uma bicicleta ergométrica para se exercitar, quando pode andar em uma bicicleta de verdade pelas ruas do verão carioca? Meu eu-atual se irrita com a crítica e pensa: *olha quem está falando, espanhola da dança do ventre!*

As horas mais incômodas são essas, as de transição. O eu-anterior julgando ou sendo julgado pelo eu-atual. O resultado, quase sempre, é uma dor de cabeça bem desagradável.

Começo uma busca frenética pela casa. Qualquer pista seria útil para me ajudar a destravar as lembranças, e aquela era a hora certa. Checo a carteira em busca de minha identidade, mas ela não está lá. Do jeito que eu sou bagunceiro, podia estar em qualquer canto, dentro de qualquer bolso. Começo a zanzar pelo quarto e não encontro nada de relevante, então, resolvo sair e entro em outro. Eu quase não lembro mais da vida anterior como dançarina espanhola, e a ereção que tenho, ao me deparar com as calcinhas espalhadas sobre a cama no quarto que devia ser de Júlia, me faz entender que, na presente existência, eu sou mesmo um homem heterossexual. Eu ainda não entendo, contudo, qual é a natureza de minha relação com Júlia, mas espero que a gente trepe. Ela é *muito* gostosa. Mas a gostosa dorme em quarto separado. Mau sinal.

Encontro uma bolsa no criado-mudo ao lado da cama de Júlia. Abro e me deparo com uma carteira que só poderia ser dela. Dentro da carteira, encontro um documento de identidade que me informa seu nome e outros dados: Júlia Rivera, 30 anos, híbrida caucaso-ameríndia, esterilizada, *não lobotomizada*, existência autorizada por 31 anos, profissão prostituta. Nascida em Prata, Estado da Argentina do Norte, República Federativa de Hy-Brazil.

Não lobotomizada.

Existência autorizada por 31 anos.

Eu não sei que merda é essa, e admito estar com muito medo de descobrir. Mentira, eu, no fundo, sei, claro que eu sei, as lembranças já estão se organizando, eu só não quero acreditar.

Junto às novas constatações, uma nova comporta se abre, liberando águas represadas. E a enxurrada é parte amor por Julia, parte terror diante da constatação de que ela só tinha sido autorizada a viver por 31 anos. Pouco a pouco, tal qual uma flor que desabrocha, outras informações se formam em meu cérebro. É preciso, agora, organizá-las de modo a extrair delas um mínimo de coerência.

Desço até a sala principal e me deparo com um alemão completamente pelado e amarrado no sofá. É uma figura familiar, mas as lembranças ainda não estão definidas. O nome do homem é Mark Balzer, isso eu já sei. Ele me olha com aqueles olhos arregalados, mas nada diz, pois Júlia o tinha amordaçado. A cena é patética: ele tinha urinado em meu sofá e chafurdava no próprio mijo. Nenhum sentimento de piedade, por mais vago que fosse, brota de dentro de mim. Ele me olha e diz *mmmmmfffff*, e eu o ignoro. Preciso encontrar um computador, um notebook, ou o que quer que exista de similar nesta realidade, e torcer para que haja alguma forma de rede virtual de informações. Não é necessário procurar muito, pois a lembrança vem. *Várias* lembranças vêm, é tudo uma questão de relaxar e deixar fluir. A mesa da sala é, inteira, uma espécie de computador. Sento-me diante dela e, movido meio que por instinto, digo:

– *Internetzugang.*

O tampo da mesa se ilumina, abrindo uma página de pesquisa intitulada "Bifrost", cujo símbolo é uma águia e um arco-íris. Digito meu próprio nome, torcendo para que, nesta realidade, como em várias outras, as contingências tenham conduzido a sociedade a algum tipo de biblioteca virtual grande o bastante para me informar sobre mim mesmo. Isso ajudará bastante na reorganização das memórias. Se tudo for como sempre é, até as dez da manhã eu estarei adaptado à nova existência. Mas, pelo visto, eu não podia esperar tanto. Não com um alemão nu e amarrado em meu sofá e com uma amante *não lobotomizada* condenada a morrer em seu aniversário de 31 anos.

Amanhã, informa-me a lembrança recém-brotada. *Júlia Rivera faz aniversário no dia 15 de janeiro.*

Eis uma questão que me põe em séria dúvida: se a data da "extinção" de Júlia é o dia seguinte, ela jamais será morta. Basta que eu durma e, no outro dia, será novamente 14 de janeiro, em outra realidade, uma realidade em que eu não seria mais George Becker. Júlia Rivera nem mesmo existiria, ao menos não daquele jeito. Há, entretanto, outra possibilidade que me deixa amedrontado. Eu sou inclinado a crer que, a cada noite, por algum motivo bizarro, a realidade se reconfigura e eu desperto em um novo mundo, com uma nova história. Mas que garantia eu tenho de que as coisas serão sempre assim? E se, por uma ironia cósmica de muito mau gosto, por mais remota que tal possibilidade parecesse, dessa vez, houvesse um amanhã? Se fosse assim, então, haveria um 15 de janeiro de 2015 para Júlia Rivera e ela morreria. A mera ideia me faz suar frio. Definitivamente, eu não podia arriscar.

Não importa o quanto eu saiba que a existência é uma ilusão, é preciso me comportar como se não fosse. É a única forma de conseguir viver. O oposto é niilismo.

Seria tolice agir como se a mudança de data nunca pudesse ocorrer, por mais que o pensamento indutivo me leve a crer que não ocorrerá. Eu não posso agir como se nada daquilo fosse real, mesmo que não seja. É real para mim, não é? Eu sou real e amo Júlia. Eu a amo como ela é: *não lobotomizada.*

A página de buscas Bifrost me apresenta a dezessete "George Becker", todos com fotos. Então, dou-me conta de que não havia feito a coisa mais óbvia: me olhado num espelho.

– Mmmmmmf – geme Mark.

– Foda-se, nazistão. Vá tomar no cu – respondo.

Corro para o banheiro no primeiro andar e faço o que devia ter feito tão logo acordei. A imagem diante de mim não era muito diferente de Mark: eu passaria, facilmente, como irmão dele. Eu tenho, como ele, um biótipo alemão clássico. É mesmo incrível como os brancos loiros e caucasianos se parecem. Ora, até mais do que isso: eu sou assustadoramente similar a Mark. Uma diferença aqui, outra acolá, meus olhos um pouco mais azuis que os dele, mas, no final, parecemos criaturas saídas de um mesmo molde. E, pensando bem, em se tratando de uma sociedade eugênica, talvez sejamos isso mesmo. Com os dezessete "George Becker" oferecidos pelo sistema de buscas, não é diferente: todos quase idênticos, modelos da perfeição ariana, uma coisa bizarra.

Não é difícil encontrar a mim mesmo, contudo, graças à idade. O espelho me diz que eu devo ter uns trinta e poucos anos. Os outros "George" são bem mais velhos ou muito mais novos. A biografia que parece ser a minha informa que sou um engenheiro importante e rico, filho de uma cantora de ópera chamada Zelda e de um tal Hans, médico. Meu nascimento havia ocorrido no Rio de Janeiro de um país chamado Hy-Brazil, e essa nação engloba toda a América do Sul. Uruguai, Argentina e Chile são Estados de Hy-Brazil. Eu trabalho em uma estatal poderosa, uma tal "Wotan", responsável pelas grandes obras do país. Mais que isso não há, além de notícias de colunas sociais nas quais eu apareço sempre bem vestido e sorridente, ao lado das mulheres de sempre, caucasianas. Júlia jamais está ao meu lado.

Uma pesquisa com o nome "Júlia Rivera" nada informa. Bem, eu tenho ainda quinze minutos antes que ela retorne. Decido pesquisar fatos históricos, o mais rápido que eu puder. A cada pequena informação que a internet me dá, incontáveis outras desabrocham como flores monstruosas que me fazem suar frio.

Nos infinitos mundos por onde já passei, a história havia seguido um mesmo rumo até um ponto específico e, a partir daí, as coisas mudavam. O ponto de divergência, contudo, sempre variava de mundo para mundo. Em algumas realidades, Jesus foi crucificado. Mas não em todas. Em outras, os Estados Unidos continuavam a ser uma colônia inglesa. Em pelo menos uma realidade bizarra, a humanidade havia quase se destruído em uma guerra nuclear de enormes proporções em 1985.

Neste atual mundo de George Becker, tudo é como na maioria de minhas existências anteriores: dinossauros extintos, ascensão mamífera, primatas inteligentes, filosofia grega, egípcios, dominação romana, cristianismo dominando o Ocidente. Tudo é igual, ao menos até 1944. A partir daí, a desoladora diferença: os alemães tinham vencido a porra da guerra.

Eu estou em uma merda de mundo nazista. Numa porra de realidade onde Adolf Hitler venceu. Uma merda de clichê da literatura fantástica no estilo "o que aconteceria se...?"

O choque da constatação tem sua utilidade, pois as lembranças começam a se organizar. Mesmo hesitante, aceito que elas se instalem e me apresento a mim mesmo. Vamos lá, vou dividir isso com você de modo mais completo:

Meu nome é George Becker, sou filho de Zelda e Hans

e tenho uma irmã chamada Elza, médica como meu pai. Papai já morreu, o diabo que o carregue e às suas atividades. Mamãe dá aulas de ópera numa escola no bairro de Nova Berlim em Curitiba, no Paraná. Apaixonei-me, há cinco anos, por uma sub-humana mestiça autorizada para o prazer sexual, Júlia Rivera. *Não lobotomizada.* Resultado da relação ilícita entre um europeu hispânico e uma índia sul-americana, Júlia teria sido morta ainda bebê, não fosse o Departamento de Direitos das Sub-raças do governo hy-braziliano. Seu pai foi preso e deportado e a mãe, punida com a morte por ter conseguido engabelar o centro de esterilização na cidade de Prata. A Júlia, foi concedido o direito de viver por trinta e um anos como serva sexual de homens caucasianos, atividade que ela executa – caralho, que merda! – desde os treze. Ao atingir a idade-limite, um circuito implantado em seu cérebro será automaticamente acionado e ela morrerá em decorrência de um derrame cerebral.

Eu sei, é bizarro que exista algo parecido com um grupo de direitos humanos neste mundo mas, ao que parece, eles reduzem os danos. Grupos étnicos não foram extintos, mas devem permanecer em terras pré-definidas. Em geral, as piores. Africanos, asiáticos, alguns judeus e poucos mestiços são autorizados a existir em nossa sociedade como serviçais, cujos prazos de validade são estabelecidos de acordo com suas funções. Servos sexuais perdem o vigor depois dos trinta anos, quando devem ser extintos. Faxineiros, motoristas e outros considerados "subempregados" podem viver por mais tempo: em geral, quarenta ou cinquenta anos, sendo eliminados antes de começarem a ter problemas de saúde e a onerar o Estado. Não que isso fosse impressionante, considerando que os próprios nazistas exterminavam seus idosos aos primeiros sinais de doenças. Os próprios velhos achavam isso a coisa mais natural do mundo.

Quando demandava mais mão de obra humana (ou sub-humana, como eles mesmos definiam), a nazistada importava gente dos continentes colonizados da Ásia e da África. A população asiática e africana era mantida estável e sob rígido controle.

Finalmente, algum passado se desdobra em minha mente:

conheci Júlia há cinco anos, em uma boate. Apaixonei-me assim que pus os olhos nela. Eu sabia o quanto isso me exporia à crítica e a sanções legais e, portanto, mantivemos o lado amoroso de nossa relação em segredo. Contratei Júlia como serva sexual particular com carteira assinada e os mínimos direitos trabalhistas respeitados conforme ditava a lei. À parte o fato de este ser um luxo caro (a maior parte da grana ia para o Estado, e não para Júlia), não havia nada de errado nisso, contanto que fosse evidente para os fiscais (que apareciam de surpresa, a qualquer instante) que nós não tínhamos uma relação de amor. Dormíamos em quartos separados. Júlia era, para todos os efeitos, uma espécie de "animal de estimação sexual". Para o governo, não muito distinta de uma boneca erótica animada.

Sinto ânsia de vomitar ao me lembrar dessas coisas e parte do nojo se dirige a mim mesmo. É evidente, em minhas memórias de George Becker, que eu me indigno com a situação, mas não me indigno *o suficiente*. O sistema em si não me atormenta. Eu não trabalho contra ele e até me beneficio daquela merda. Eu não conspiro para derrubar o nazismo. Tudo o que eu quero é estender o tempo de vida de Júlia e continuar trepando com ela até o fim da eternidade. O resto que se foda.

As coisas já estão fazendo sentido. Ter sentado em frente à mesa-computador e perdido alguns minutos olhando o apartamento, as pequenas coisas, os detalhes do ambiente, tudo isso faz com que eu acesse as memórias com calma. Eu sou quase inteiramente George Becker, com todo o bem e toda a culpa que isso implica. Decidido, caminho até Mark e retiro a mordaça dele. Ele baba e quase morde minha mão. Respondo com um tabefe.

– Nem perca seu tempo gritando, Mark. – declaro – Você está em uma cobertura com paredes à prova de som. Os moradores dos três andares abaixo viajaram pra aproveitar o verão.

– Que merda vocês querem de mim?

– Informação. Quero acessar o registro de Júlia no Centro Hy-Braziliano de Controle Racial. Quero expandir o tempo de vida dela. Médicos não têm essa informação. Mas você é do mais alto escalão da *Polizei*. Você tem. Me dê a senha. Agora.

— Tudo isso por uma serva sexual, homem? Que trepada mais cara é essa? Tem ideia de quantos crimes você está cometendo ao me manter preso desse jeito?

— Sei a exata quantidade e pouco me importa.

— Não seja estúpido, você pode clonar outra igual! Você é George Becker, não é? Vi os prêmios em cima da estante. Dinheiro pra comprar um clone adulto você tem!

— Não quero um clone, quero a original.

— Ora, vamos lá, homem! Me solte daqui e eu esqueço tudo isso. Posso pedir pra providenciar um clone idêntico e melhorado daquela puta pra você. Você pode reescrever a personalidade dela. Pode fazer com que ela seja imune à dor. Já pensou, sexo anal sem incômodo?

Pego um dos vibradores do chão e o esfrego na cara dele.

— Eu poderia dizer que vou enfiar isso no seu cu, seu filho de uma puta, mas, pelo que Júlia me contou, você iria gostar.

— E se eu não der a porra da senha, vai fazer o quê? Me matar?

— Matar? Pra que matar? Se você não me der a porra da informação e Julia morrer, eu vou apagar a *sua* memória com todas as drogas possíveis e redesenhar seu sexo e seu nariz em uma clínica clandestina que conheço.

— Você não faria isso, deixe de falar merda.

— Quer arriscar? Eu poderia fazer *você* se tornar uma escrava sexual judia e te enviar para a África Setentrional. A negrada faria a festa com uma legítima puta de cachinhos dourados.

— Duvido que você faça isso – diz Mark, com um leve tremor na pálpebra esquerda. – E, mesmo que fizesse, não teria como me levar até a África sem passar por fiscalizações.

Eu rio. Estou gostando disso. Eu sou intenso e cheio de raiva.

— Você sabe quem eu sou, Balzer. Grana não me falta.

E é incrível tudo o que se pode fazer quando se tem dinheiro. Não me tente.

Meter medo nele é divertido, mas eu desejo que ele colabore. Torturá-lo demandaria horas e seria necessário reprogramar o tempo de vida de Júlia ainda hoje. Ameaças e jogos psicológicos fazem parte da estratégia, é claro, e a coisa pode terminar bem rápido se eu for suficientemente amedrontador e persuasivo.

Estou perdido em labirintos criativos de possibilidades de tortura rápida, quando, então, ouço a porta abrir atrás de mim. Era Júlia, de volta da rua.

– Parece que eu estava adivinhando. Acredita que um meganha me parou pra perguntar onde eu tinha conseguido dinheiro? Ainda por cima, eu esqueci a porra da identidade! Ele só não me levou porque eu informei para quem trabalho – diz ela, limpando o suor que escorria da testa.

Levanto e caminho até ela, sorrindo. Dou-lhe um beijo estalado na boca, e digo:

– Chegou na hora, tesão. Eu estava tendo uma conversa com nosso amigo Mark.

Júlia ri.

– Você parece mais você, agora, Gê.

– Dormi mal, mas já passou.

– E a dor de cabeça?

– Passou também.

De mãos dadas, olhamos para o alemão amarrado e perguntamos em uníssono:

– E então?

O tremor em sua pálpebra esquerda aumenta e, ao longo de quarenta deliciosos minutos, Mark Balzer nos conta tudo o que precisávamos saber.

3

Horas depois, pontualmente às treze, cá estou eu em uma mesa reservada no restaurante francês autorizado mais caro da cidade, o *Maison Du Chat Noir*, em Ipanema. A diversidade cultural existe em minha realidade nazista, mas – tanto quanto o amor – é controlada pelo Estado. Para quase tudo, é necessária uma autorização e a burocracia envolvida é espetacular.

O garçom, provavelmente um judeu autorizado, aproxima-se de mim. Ele usa a clássica coleira de monitoramento. É impossível retirá-la, já que está conectada ao seu sistema nervoso central. Seu olhar é como os de todos os demais servos autorizados: dois lagos de águas estagnadas. Exceto os de Júlia. Apenas ela mantinha certa fúria no olhar.

– Algo para beber, senhor? – pergunta ele, tomando o cuidado de não me encarar. Havia sido bem instruído.

– Um *Pinot Noir* iria bem, meu caro. Qual a safra?

– 2009, senhor.

– Uma excelente safra – respondo, sorrindo. – Traga-me uma garrafa, por favor. E três taças, pois estou aguardando convidados.

– Pois não, senhor. Com sua licença.

Dez minutos depois, ela chega: minha convidada. Elza Becker é minha irmã mais nova e está maravilhosa em seu longo branco e dourado, cujos tons ressaltam seus olhos cor de mel. Ela me dá um beijo no rosto e vai direto ao assunto:

– Conseguiram?

– Foi menos trabalhoso do que imaginei, Elza. Bem, é claro que Júlia ficou com a parte mais pesada e desagradável…

Elza me ouve, mas não parece me escutar. Ela apenas olha fixamente para as taças de vinho e, se não fosse o botox, sua testa estaria enrugada de preocupação.

– Três taças, George? Esperamos mais alguém?

– Sim. Daqui a pouco a pessoa chega. É uma surpresinha.

A nuvem de preocupação relampeja no rosto de Elza.

– Espero que não seja Júlia. Você sabe que não seria conveniente almoçar com uma mestiça. O *Maison* é restrito a arianos, George.

– Não, não é ela, irmã. Relaxe.

– Gê, eu espero que você tenha mesmo certeza do que está fazendo. Quando derem pelo seu sumiço, toda a *Polizei* do *Reich* vai ser posta atrás de vocês dois.

– E nós estaremos escondidos em um navio de carga rumo ao Egito. O capitão ficou muito interessado em colaborar diante da quantidade de *reichsmarks* que ofereci. E, tão logo cheguemos ao Egito, tomaremos outro barco em direção a Creta.

– Você tem certeza que o Reino de Creta é seguro? Eu não consigo acreditar que aquela ilha tenha resistido por tanto tempo!

– Elza, enquanto a família real cretense tiver nanotecnologia avançada à sua disposição, nenhum nazista escroto ousará se aproximar da ilha e nem jogar uma bomba nela.

– O Vírus Minotauro é real, enfim?

– Pode apostar. O *Reich* sabe que existem nanovírus de tecnologia cretense espalhados por várias cidades europeias e americanas. A resistência só não os aciona porque é deixada em paz desde 1985. Ninguém vai ser louco de brincar com o Vírus Minotauro e arriscar uma morte horrível.

– Eu mesma não brincaria com algo que pode causar decomposição acelerada.

– Por isso, Creta é segura. Ninguém mexe com a Rainha Louca.

– Mas é um lugar tão pequeno, Gê! Ainda que Heraklion seja um dos mais avançados centros tecnológicos da Terra, é só uma cidadezinha em uma ilha minúscula!

– Por pouco tempo, Elza, por pouco tempo. Já há estratégias em andamento. Outras ilhas serão incorporadas ao Reino de Creta.

Eles vão me receber bem. Meus contatos dizem que a rainha está ansiosa para ter meus talentos à disposição.

Elza desiste de discutir e toma um longo gole do *Pinot Noir 2009*. Por fim, encara-me com os olhos marejados e dispara:

– Vou sentir saudades, mano.

– Você deveria vir conosco, Elza. Seria bem-vinda. Tenho certeza de que Sua Majestade há de ficar feliz com a presença de uma médica de seu quilate.

– Você sabe muito bem que eu amo Gerard. Jamais o deixaria.

– Elza, honestamente? Como você consegue amar esse homem?

– De novo, essa conversa? George, você sabe que eu discordo de muita coisa do *Reich*, mas não tenho como negar que o mundo se tornou melhor graças ao novo regime.

– Mas as coisas que Gerard faz...

– Nem me venha com essa, George! Meu marido faz o que lhe cabe! Você não sabe, na prática, como as coisas eram, nem eu sei, graças a Deus. A gente não era nascido. Mas conhecemos a história, não conhecemos? Vai negar a melhoria do mundo?

– Eu sei, eu sei. Mas o preço que a humanidade pagou, Elza...

– Ora, até mesmo as sub-raças admitem que o mundo hoje em dia é melhor! Sem doenças, sem fome, sem miséria. Tirando a maldita guerra fria entre o *Reich* e o Império Cretense, que problemas o nosso mundo enfrenta?

– É fácil para qualquer um de nós falar. Não somos parte das "sub-raças". Eu nem gosto desse termo, minha irmã. Você gosta?

– Gê, você sabe que eu não tenho nada contra judeus, africanos, asiáticos ou mestiços. Eu tenho até alguns amigos que são. Eu gosto bastante de Júlia, de verdade! Ela é um doce, mesmo sendo mestiça!

– Você fala de um jeito como se "gostar de Júlia" fosse um favor a ela.

– Eu não estou entendendo o porquê dessa conversa, meu irmão. Nem você, com toda a sua paixão por Júlia, se posicionou alguma vez como se eles fossem iguais a nós. Não se trata de "mera opinião", mas de ciência, George! As sub-raças são menos inteligentes, mais dadas a paixões.

— Eu devo ter gene de sub-raça, já que sou apaixonado por Júlia.

— Não distorça o que eu digo, maldição! Você sabe o que eu estou querendo dizer!

— Será que sei mesmo?

— Eu entendo seu afeto por Júlia, George. Ela é latina, é, naturalmente, excepcional na cama e homens são afeitos a se deixar levar por tais desejos. É biológico, é natural, é da natureza masculina, assim como é da natureza latina ter uma sexualidade mais arrojada.

— Você fala de Júlia como se ela fosse burra e só pensasse em sexo. Sabe o que ela quer fazer quando for uma cidadã livre em Creta?

— Nem faço ideia, George. Cozinhar, talvez? Cuidar de crianças? São tantas crianças imperiais que, acho eu, a rainha precisa de alguma ajuda. Quantos filhos ela tem? Dezessete? Nem sei como aquela mulher continua viva depois de tanto parir... Já deve estar com problemas de tireoide!

— Não, Elza. Júlia quer estudar astrofísica.

Elza ri tanto que quase se afoga com o *Pinot*.

— Você não quer me fazer crer que *uma mestiça* tem interesse por matemática e física avançada?! Ora vamos, Gê, já seria difícil de acreditar se ela fosse uma mulher ariana, todo mundo sabe que mulheres não são naturalmente hábeis para ciências exatas. O que dizer então de uma... como é mesmo o nome que se dá pra mistura de branco com índio? Cafuza?

— Cafuzo é negro com índio. Branco com índio é mameluco.

— Pois é! Desde quando uma mameluca iria estudar astrofísica? E com qual objetivo?

— A rainha de Creta quer implementar um programa espacial. Ela acha que seria uma vantagem estratégica ter uma base na Lua. Querem que eu os ajude a construir foguetes e a desenvolver alguns trabalhos que aquele físico judeu, o tal Einstein, iniciou antes de ser assassinado.

– Ora, faça-me o favor! Que conversa insana, meu irmão! Nem mesmo o *Reich* se interessou por essa loucura de programa espacial, que sentido há em desperdiçar tempo e dinheiro em tecnologia astronáutica? Qual o sentido de fazer a humanidade pisar na Lua?

– E por que não? Curiosidade, talvez.

– Esses desvarios da rainha de Creta e de sua namorada mameluca só reforçam a tese de que sub-raças pensam de maneira torta. Não, não faça essa cara. Você *sabe* que eu gosto de Júlia, George. Não entorte o que eu digo. O fato de eu saber o meu lugar biológico como mulher, de saber quais são os seus talentos e limites como homem e de compreender o fato científico da diferença entre as raças não muda meus sentimentos por Júlia. Eu quero, tanto quanto você, que Júlia viva além dos 31 anos.

De fato, não faz sentido continuar a ter essa conversa. Eu amo Elza, mas ela, às vezes, me dá vontade de vomitar. O irritante é que ela tem alguma razão: o mundo atual é, *em certos aspectos*, melhor do que o que existia antes de o *Reich* tomar o poder mundial. Há qualidade de vida, estabilidade econômica, arte clássica e tecnologia médica avançada. Mas há também os aspectos éticos sofríveis, como as experiências em pessoas consideradas "sub-humanas": todas as que não são "arianas". Há os argumentos de que tais experiências são necessárias, para o benefício de todas as raças e sub-raças, caso contrário teríamos que utilizar animais e nossos resultados seriam limitados. E o que dizer das certezas científicas erigidas a partir da eugenia? Eu, normalmente, não me importava com nada disso, apenas a sobrevivência de Júlia Rivera me interessava. Mas hoje, estranhamente, eu tinha acordado com um teor de indignação mais alto do que o normal. Seriam resquícios da espanhola feminista da vida passada dentro de mim? Teria sobrado algo daquela mulher rebelde em minha alma? Estaria ela fazendo uma dança do ventre na minha cabeça?

Eu gosto de pensar que sim. Gosto de pensar que, de algum modo, as pessoas que eu fui não desaparecem totalmente, mas se escondem de algum modo em cantos do meu ser.

– Muito bem, desculpe se te irritei – declaro, pondo fim

ao debate. – Vamos ao que interessa: Mark me deu a senha. Você acha que consegue alterar o tempo de vida de Júlia ainda hoje?

– Claro que sim. Mas Gê, você sabe que qualquer médico pode corrigir a mudança e matar Júlia no ato, se ela estiver no raio de ação telemétrica. Ela nunca mais vai poder pisar em Hy-Brazil ou em qualquer território europeu ou americano novamente.

– Não sei por quê, mas acho que ela não faz questão de voltar aqui.

– Você tem certeza de que amanhã vocês estarão a mais de 300 km da costa?

– Sim, tenho.

– Então, tudo bem. Eu altero o tempo de vida dela e vocês dão esta injeção em Mark Balzer – diz Elza, entregando-me uma seringa cheia de um líquido transparente.

– Ele não vai se lembrar de nada, nada mesmo, mana?

– Amnésia anterógrada garantida, irmãozinho. Os últimos três dias serão eliminados da memória do policial. Se um dia a lembrança voltar, virá em pedaços, como se fosse um pesadelo. Talvez, ele lembre que você lhe fez algum mal. Mas você não estará mais em Hy-Brazil, logo, não há o que temer.

Sorrio. Por mais que eu tentasse e tivesse minhas razões, não conseguiria jamais desprezar minha própria irmã.

– Mana, eu não sei como te agradecer.

– Eu conheço um modo: faça-me o favor de ser feliz, George Becker.

– Pode deixar, Elza Becker.

– E quanto ao terceiro convidado? Onde ele está?

– Ah, ele já chegou – respondo. – Garçom, venha aqui um momento.

O garçom judeu se aproxima, em toda sua discreta tristeza. Deve ter algo em torno de 40 anos. Mais uns dez anos de vida, no máximo, até ser "desligado".

– Pois não, senhor Becker? – responde ele.

– Qual o seu nome? – pergunto.

– Gabriel, senhor.

– Nome de arcanjo. Gabriel, você se sentaria e tomaria uma taça de vinho conosco?

Elza me olha com os olhos arregalados. O garçom parece confuso.

– Senhor, creio que não seria conveniente... – diz ele.

– Ah, talvez não seja, mas que se foda. A gente adoraria a sua companhia, não é mesmo, Elza?

– Eu... – gagueja ela. – Gê, eu acho que...

– Ótimo, sabia que você ia adorar! Vamos lá, Gabriel, sente conosco.

– Eu posso ser punido... – diz ele, num quase sussurro cheio de medo.

– Meu caro, eu sou George Becker. Ninguém irá te punir, vamos lá, sente-se. Nesse mundo maravilhoso e perfeito em que vivemos, eu tenho muito mais dinheiro do que a maioria, e isso faz com que quase todo desejo meu seja respeitado.

Gabriel se senta e eu lhe sirvo uma taça de vinho. Provavelmente, o primeiro e último *Pinot Noir* que ele experimentaria em sua segura, estável, porém controlada existência.

– *Quase* todo desejo meu é respeitado – comento, sorrindo. – Quanto aos que não são... bem, eu os realizo de qualquer jeito.

No fundo, acho que eu sou mesmo um tantinho nazista.

4

Volto para a cobertura e já são quase 19h. Minha cabeça dói, mas não é nada insuportável. Mantive a rotina do dia, a fim de evitar suspeitas desnecessárias. Se eu faltasse ao trabalho, isso já seria razão para estranheza, uma vez que eu não podia usar a desculpa de que estava doente. Nenhum europeu ou americano adoece neste mundo dominado pelo IV *Reich*. Nossos males são outros, todos eles da alma.

Além disso, eu tinha alguns últimos detalhes para acertar no escritório. Coisas importantes. Coisas divertidas a fazer em contas bancárias.

Dou de cara com Mark Balzer num estado lastimável. Mais do que apenas mijado, ele está todo cagado. Meu sofá havia sido convertido em uma latrina. Quem se importa? Nunca mais vou voltar aqui.

– Porra! – grita Mark, acomodado em sua ilha de excrementos.

– Eu dei o que vocês queriam, quando vocês vão me soltar, caralho?

Antes que eu possa responder, Júlia aparece, descendo as escadas com pisadas firmes e barulhentas. Não é seu usual. Por necessidade, Júlia costuma caminhar como um gato, está habituada a se fazer invisível. A perspectiva de estar livre para sempre lhe endurece os passos na mesma medida em que suaviza meu coração.

– Ainda bem que você voltou, Gê. Eu não aguentava mais fazer sala pra visita.

– O visitante se comportou mal? – pergunto.

– Esse cara é tão, mas tão nojento, que chegou a pedir pra eu bater uma punheta pra ele enquanto esperávamos, acredita?

— Acredito. E você bateu?

— Claro que não, né? — diz Júlia, beijando minha boca.

— E então, a cunhadinha vai fazer a parte dela?

— Já deve ter feito. A essa hora, Elza já reprogramou o sistema e colocou alguma data bizarra pra sua extinção. Essa merda na sua cabeça só vai ser acionada quando você completar 150 anos, ou seja, nunca. E, mesmo que acionem, o efeito só lhe afetará se você estiver em Hy-Brazil.

— Porra, vocês vão me soltar ou não, seus escrotos? — resmunga Mark.

— É pra já, amiguinho — respondo, e então enfio a seringa no pescoço do cara. Ele esperneia, geme, mas apaga em menos de um minuto.

É preciso acelerar as coisas. Se eu dormir, mudarei de realidade. A fatalidade do sono acontecerá, mas pode ser mais cedo ou mais tarde, e eu quero que, ao menos hoje, seja mais tarde. É preciso, antes de partir para um novo mundo, fazer algo que preste: garantir a vida de Júlia.

As malas já estão prontas. Júlia não tinha muito a levar. Tanto melhor que a maior parte de sua vida permaneça onde está, em Hy-Brazil. Se depender de mim, ela esquecerá do que viveu até o dia 14 de janeiro de 2015.

— Mas e quanto a você, Gê? Não quer levar nada em especial? Nenhum livro ou lembrança? — pergunta Júlia. Eu sorrio em resposta. Ela não faz mesmo ideia.

— Apenas este caderno, querida. Tudo o que importa está escrito aqui.

— E o que tem nele?

— Algo que quero lhe mostrar amanhã, quando estivermos tomando café no navio.

Ou seja, algo que ela jamais leria, considerando que eu não faço ideia de onde estarei ao despertar.

Uma hora e meia depois, eu e Júlia nos encontramos dentro do carro, na estrada que nos conduzirá ao porto de Macaé. O plano é parar no meio do caminho e soltar o desfalecido (e muito bem acondicionado no porta-malas) senhor Balzer na estrada. Quando ele despertar, completamente pelado, não lembrará como foi parar ali. De acordo com os cálculos de Elza, ele dormiria por quatro horas, o que nos dava tempo mais do que suficiente.

– Você não se sente meio escroto fazendo isso? – pergunta Júlia.

– Sentimento de culpa, agora?

– Eu pareço ter algum remorso sobre o que estamos fazendo? Mas quero saber de você.

– Não tenho remorso algum, Júlia. Não estamos ferindo o canalha do Balzer. Não muito. Só vamos roubar três dias da vida dele. Isso é pouco, se comparado à quantidade de anos que ele já roubou dos outros.

– Bem, eu me sinto escrota, mas em outro sentido. Me sinto escrota por ter feito tão pouco.

– O que você quer dizer com "tão pouco"?

– Poderíamos tê-lo obrigado a nos fornecer as senhas de um monte de gente. Poderíamos ter feito uma bagunça no sistema de extinção controlada de servos sub-raciais.

– Elza nunca toparia, Júlia. Ela já arriscou o pescoço o bastante por você. Quando descobrirem que desaparecemos, talvez alguém tenha a ideia de checar seus dados no sistema. E, se isso acontecer, saberão que alguém alterou sua data de extinção.

– Elza não vai ficar em perigo por nossa causa?

– Elza será a primeira suspeita, por ser minha irmã. Mas não haverá nenhuma prova contra ela. Afinal, com meu dinheiro, eu poderia ter subornado qualquer um ao invés de usar minha irmã. Considerando meu histórico, o mais provável seria mesmo o suborno.

– Não sei, não. Se eu fosse da *Polizei*, eu teria certeza que foi Elza.

— Não, você não teria, Júlia — respondo, sorrindo. — Eu fiz diversas transferências bancárias, após o almoço. Passei a tarde fazendo isso. Transferi centenas de milhares de *reichsmarks* para as contas de metade dos médicos do centro de controle.

— Como é que é?!

— Isso mesmo que você ouviu. Os beneficiários só descobrirão isso quando checarem os extratos bancários, amanhã. Para todos os efeitos, há evidências de que eu subornei um monte de gente.

Júlia solta uma senhora gargalhada. Ri tanto que chega a chorar.

— Ai meu Deus, desculpe, mas não posso acreditar que você fez isso! Eu te amo, meu demônio — diz ela.

— Eu te amo, Júlia Rivera.

Ela se põe a admirar as estrelas pelo teto solar do carro, num longo silêncio contemplativo. Silêncio demais me incomoda, mas não porque eu tenha ciúme do amor de Júlia pelas estrelas. O fato é que eu gosto da sensação de espaço e tempo preenchido, sobretudo por saber que toda essa vida se encerrará tão logo eu adormeça, dando lugar a outra. Mas, seja o que for esse fenômeno, se a atual realidade continuar a existir de algum modo, eu terei garantido a sobrevivência de meu amor. Eu terei feito algo de bom em minha curta existência como George Becker. Porque, afinal, é isso que conta: nenhum de nós sabe quanto tempo tem, e é preciso fazer valer a própria existência.

— E aí, qual a sensação? — pergunto, quebrando o silêncio.

— Sensação em que sentido?

— A sensação de ser livre. De não estar programada para morrer em uma data específica. A sensação de ignorar a data da própria morte.

Júlia leva alguns segundos para responder. Em geral, ela tem as respostas todas na ponta da língua. Mas, ao invés de responder de pronto, pôs-se a arrancar pedaços de pele dos dedos com os dentes.

– Eu me sinto… não sei explicar… é uma mistura de sentimentos. Um pouco aliviada. Um pouco apavorada.

– Apavorada? Discorra.

– É difícil, Gê, você nunca passou por isso. Desde quando eu me entendo por gente, eu sei que a data da minha morte é o dia 15 de janeiro de 2015. Toda a minha existência foi definida em função disso. De certa forma, essa informação me dava algum conforto.

– Nem consigo imaginar que conforto se extrai disso, sinceramente.

– Pense: eu não precisava me preocupar com uma eventual guerra nanoviral entre o Reino de Creta e o IV *Reich*. Eu estaria morta, quando isso acontecesse. Eu não precisava ter grandes responsabilidades. Apenas quando conheci você, diante da possibilidade da mudança de meu registro, passei a considerar certas coisas… passei a ter certos sonhos, aspirações… e medos.

– Medos? Você? Você é a pessoa mais corajosa que eu conheço!

– O que não significa que eu não sinta medo. Passei a alimentar alguns desejos de infância, como o de estudar astronomia. É assustador pensar que poderei parar de me fazer de burra para não ser lobotomizada. Pensar que vou ter uma carreira, uma vida, ter filhos, envelhecer… É bizarro considerar que, como qualquer outra pessoa, eu posso morrer a qualquer momento e não em uma data pré-fixada. Eu estou livre, George. E a liberdade me dá medo.

Estou perplexo. De fato, eu não fazia ideia da complexidade de seus sentimentos. Em minha estupidez simplista, imaginava que Júlia estivesse apenas "feliz".

Eu tinha lhe concedido o desconhecimento da morte. E, com isso, a incerteza da liberdade.

Toco sua coxa esquerda e estou prestes a dizer algo encorajador e otimista, quando ouço um baque surdo vindo do porta-malas e, logo em seguida, um gemido alto:

– MMMFFFF!

– Que merda é essa?! – pergunta Júlia

– MMMMMMMMMFFFFFFFFF!

– Porra, puta que pariu, Balzer acordou! – respondo.

– Mas como? Elza não garantiu que ele dormiria por quatro horas? Só se passaram... deixa eu checar... Porra! Só duas horas e quinze minutos desde que ele tomou a injeção! O que pode ter dado errado, Gê?

Minhas mãos estão suando.

– Sei lá, Júlia! Medicina não é ciência exata! Ele pode ter mais resistência à droga. Porra, ele podia estar tomando esteroides anabolizantes, como quase todo nazista! Vai saber como uma droga interage com a outra!

– MMMMMMMFFFFFMFMFMFM!!!!! – geme Mark no porta-malas.

Podemos ouvir os baques surdos de seus chutes: *Pam! Pam! PAM!*

– Caralho! O que a gente faz, George? Tem mais da droga aí?

– Pior que não! Elza só me deu a quantidade certa pra uma dose. Acho que vamos ter que voltar e pegar mais com ela.

– Como vamos voltar com esse cara chutando o porta-malas? E se a *Polizei* nos parar?!

– E o que você quer que eu faça?

– Elza tem que vir até nós! Vamos lá, eu ligo pra ela. Cadê a porra do celular?

– Tá na bolsa, no banco de trás.

– Onde? Não estou vendo bolsa alguma!

– Deve estar no chão atrás do meu banco, então – respondo, virando-me por um segundo.

Um segundo. Apenas um segundo. Que motorista não olha pra trás por apenas um segundo, a fim de checar alguma coisa? Mas a Roda da Fortuna, ou seja lá qual for o nome do motor sacana que dá movimento à minha vida, não desperdiçaria aquele segundo.

Ouço Júlia gritar e, quando me volto, vejo alguma coisa em frente ao carro. Alguma coisa não, alguém. Não consigo distinguir muito bem quem é, tenho a impressão de que é uma garota: talvez, uma adolescente. Ela está ali, bem à nossa frente, prestes a ser atropelada, olhando para o carro com a boca aberta e um ar babaca. Eu fico estatelado e admito que não teria feito nada, eu sou péssimo pra situações emergenciais, mas Júlia é mais impulsiva. Ela grita e gira meu volante todo para a esquerda. O carro desvia e sai da estrada, fazendo uma curva quase impossível e, é claro, capotando em seguida. Uma vez. Duas. Três. Quatro. E a única coisa que eu consigo pensar é: *que merda faz uma adolescente sozinha a essa hora na BR?*

5

De acordo com o relógio, eu havia desmaiado por vinte minutos. O *airbag* tinha sido bastante eficiente, salvou a minha vida. Sinto sangue em minha boca. Havia mordido a língua com força, mas, ao menos, ela não tinha sido decepada, nem estava profundamente cortada. Livro-me do *airbag* e checo Júlia. Ela está viva, mas meu coração para por um segundo.

Seja qual for a inteligência por detrás da existência, ela é irônica de um modo um tanto perverso. O *airbag* de Júlia também tinha funcionado a contento, mas, na colisão com uma árvore, um galho duro, fino e afiado havia se enterrado em seu pescoço. Ela está encharcada de sangue, mas acordada. Em silêncio, estranhamente calma, mirando as estrelas.

– Eu devia... devia... ter imaginado... – diz Júlia, cuspindo sangue.

Não fale! Meu amor, não fale, fique quieta. Eu vou procurar socorro.

– Tá tudo bem... Eu... Eu só quero ficar aqui deitada um pouquinho... vendo as estrelas...

Com um solavanco, consigo abrir a porta do carro. Saio e checo o porta-malas. Mark Balzer jaz morto, pescoço quebrado. Pelo visto, não bastava o desastre, tinha que ser uma catástrofe absoluta, completa, daquelas que não poderia ser desfeita ou consertada. Merda sobre merda sobre merda sobre merda, até criar uma porra de uma pilha de bosta tão alta quanto o Everest.

Retiro Júlia do carro com cuidado, sem saber o que fazer. O galho havia atravessado seu pescoço. O sangue que tinha que escorrer já havia escorrido e o sangramento cessara. Eu nem penso em retirar o galho, sabe-se lá os danos que isso poderia causar. Com gentileza, deposito o corpo de Júlia na grama e me ponho a procurar a bolsa. É preciso ligar pra Elza. Ela saberia o que fazer e poderia cuidar de Júlia.

– Aposto... que... a bolsa sumiu... – diz Júlia.

Ela tem razão. Eu não acho a bolsa em lugar algum, o que não é tão estranho. O teto solar do carro estava aberto no momento da colisão. A bolsa poderia ter voado por ele e estaria em algum lugar entre o ponto do início do acidente e o lugar onde o carro terminou de capotar. Eu grito:

– Que merda! Merda! Onde está essa merda?

– Deixa... deixa pra lá... Não ia adiantar nada mesmo... Vem, Gê... Deita aqui do meu lado... Fica comigo aqui um pouquinho... Vem ver as estrelas comigo... É tão bonito longe da cidade...

– Mas a gente tem que ligar pra Elza! Eu tenho que levar você pra um hospital, porra! – respondo, sentindo as lágrimas ardendo em meu rosto.

– Não... Deita aqui... Para de chorar...

Deito.

– Você não vai me deixar, né? – pergunto, chorando.

– Cala a boca... Fica quieto abraçado comigo.

– Fico.

– Olha só essas estrelas, Gê... Eu quero que você... vá... pro Reino de Creta... Quero que você faça... um foguete *enorme*...

– Eu vou fazer, Júlia. Eu vou fazer, e você vai comigo.

– ...porque alguém precisa começar, entende? Começar a sair daqui...

– Eu sei, eu sei, a gente vai fazer, Júlia. Eu e você.

– ...e quando você... chegar... quando chegar no outro lugar... tente... tente fazer ela parar. Faça ela parar... de mudar... Ela precisa parar... de querer consertar as coisas... convença ela...

Faça o foguete, *um foguete bem grande...* Me traga de volta... *Abracadabra...* Você jura, Gê? Jura que me traz de volta?

Olho para o rosto de Júlia. Seus olhos estão vidrados e sua pele queima. Eu não entendo nada de medicina, mas sei que esse delírio não é bom sinal. E eu não tenho o que fazer, estou fodido. Carros na estrada, àquela hora, eram incomuns. Além de tudo, quem nos ajudaria? Quem ajudaria uma mestiça e um fugitivo? Eu tenho medo de sair de perto de Júlia.

– Jurar o quê? – pergunto. – Não estou entendendo!

– Entendendo o quê? – responde Júlia, parecendo voltar de seu delírio. – Olha só essas estrelas, Gê...

Me sinto devastado, meus olhos cheios de água não me deixam enxergar nada direito.

– Se eu pudesse, eu lhe daria todas, meu amorzinho.

– Todas... mesmo?

– Começaria com aquela vermelha enorme – respondo, apontando o céu. Júlia ri.

– Não seja bobo, Gê... Aquilo não é... estrela... aquilo é... um plan...

– Um o quê? Ah, é mesmo! É Marte!

São pouco mais de dez horas da noite quando Júlia Rivera expira pela última vez, não sem antes corrigir minha ignorância astrofísica. Ela entendia mesmo do assunto. Deve ter sido muito difícil passar a existência se fingindo de burra, para não ser lobotomizada. No fim, não precisou mais fingir.

Sento-me debaixo de uma árvore e choro um bocado. De nada adianta repetir para mim mesmo que, após uma boa noite de sono, toda a realidade será deixada para trás. Eu não quero que a história se desfaça. Me parece indecente transformar Júlia em uma lembrança qualquer, indiferente, de um universo apagado. E se eu me impedisse de dormir? É uma possibilidade. Eu poderia me forçar a me manter acordado até depois da meia-noite, quando já seria

15 de janeiro. E poderia resistir por dias, à base de drogas. Ficar duas semanas acordado, talvez. Eu quero chorar por Júlia, quero sofrer por ela. Ora, eu tenho o direito de viver um luto, e sono algum me tirará isso!

Mas tanto esforço em prol de quê? Em algum momento, será fatal: eu adormecerei. E, provavelmente, acontecerá o que sempre acontece: eu despertarei no dia 14 de janeiro de 2015 de alguma realidade qualquer e viverei alguma merda nova, infinitamente aprisionado nos delírios enlouquecidos de algum deus indeciso.

Ah, mas eu poderia fazer a festa antes! Eu bem poderia me manter acordado e chutar o balde, detonando toda a realidade atual. Se houvesse alguma inteligência por detrás deste fenômeno, ela haveria de ficar horrorizada com tudo o que eu faria. Tudo o que eu poderia fazer até cair de sono... ou, talvez, morto. Eu poderia explodir algumas das instituições mais importantes do *Reich*. Poderia ir até o Palácio da Alvorada no Rio de Janeiro e dar uns tiros na fuça do general Alois Hitler III.

Por que sair mansamente da festa, quando eu poderia me retirar esperneando?

Apesar do choque e do trauma, sinto-me esgotado. Mesmo assim, posiciono-me diante da estrada, em uma área iluminada. Decido que ficarei ali, escrevendo toda essa história, tudo isso que você agora lê, até que um carro passe e me socorra. Sim, eu me manterei acordado. Não dormirei de forma alguma. Assim que eu estiver de volta ao Rio de Janeiro Nazista, mostrarei a quem quer que seja que havia sido um erro me inserir nesta merda de realidade.

Teria sido ótimo. O problema é que, quando menos espero, diante do tédio da estrada sem cor e sem ruído, eu, George Becker, caio no sono.

zero

Cá estou, de volta à fila. À minha frente e atrás de mim, outras pessoas esperam por sua vez de mergulhar na cachoeira incandescente. As águas brilham tanto ao Sol, parecem jorros de luz. Eu sei que é uma cascata de água, mas, se alguém me dissesse que era uma cascata de fogo, talvez fizesse mais sentido. Me é impossível parar de olhar, a imagem é linda. Um fogo que queima tudo, inclemente. Queima e renova. *Ignis natura renovatur integra*, não é isso o que diz a cruz de Cristo? "A natureza inteira se renova pelo fogo".

Estou morrendo de ódio devido ao que aconteceu com Júlia. Eu quero voltar, mas sei que é tarde demais. Eu tinha caído no sono e a Roda da Fortuna havia girado mais uma vez. Para onde me levará, quem sabe?

Fico surpreso ao constatar que carrego comigo a papelada com todas as minhas anotações. Que eu saiba, o que a gente escreve não nos acompanha em sonhos. Bem, talvez eu não saiba de nada.

Tento distinguir os rostos das pessoas à minha frente, mas só consigo enxergar silhuetas borradas. É como se eu tivesse algum problema de visão. As minhas próprias mãos parecem formas de luz tremeluzente.

Uma pessoa atrás de mim cutuca meu ombro esquerdo.

– Ei, o que você está carregando? – pergunta a pessoa.

– São anotações – respondo.

– Anotações de quê?

– Da vida. Minha vida.

– Mas você não pode.

– Não posso o quê?

– Levar anotações.

– E por que não?

– Bem... eu não levaria, se fosse você. Ela vai ficar zangada.

– Foda-se ela. Ela quem?

– A mulher alta, a deusa. Não sei o nome, mas ela vai tirar esse caderno de você assim que o vir. Ou, então, ele vai derreter na cachoeira.

– Ah, não vai mesmo! São minhas anotações, é minha vida, e ninguém vai tirar isso de mim.

– Você quem sabe. Veja, está chegando a nossa vez!

Olho para a frente e constato que meu vizinho de fila diz a verdade. Eu não consigo definir se ele é homem ou mulher, a voz é esquisita, indistinguível. Faltam só dez pessoas e, logo, será a minha vez de entrar na cascata brilhante.

– Qual o nome dessa cachoeira?

A pessoa ri.

– Como assim você não sabe? É a cachoeira mais famosa dos infinitos mundos! Sabemos o nome dela desde Platão! Ao menos esse filósofo existe em todos os mundos!

– Bem... eu não sei nada dessa cachoeira que todo mundo conhece.

– Lethes, ora. O nome da cachoeira é Lethes.

Ao ouvir aquele nome, um arrepio de terror corre por minha espinha. Eu me lembrava disso. Lethes. Mas não me lembro dos detalhes, o que não me impede de sentir medo. Olho para um lado, olho para o outro, e tudo o que eu vejo é um branco infinito. Naquela merda de cachoeira incandescente é que eu não ia entrar!

Sem pestanejar, disparo numa corrida louca para o mais longe dali. Ouço as pessoas da fila gritarem. Alguém grita *ele está fugindo!* Ouço outra pessoa gritar *atira água nele!* Ninguém me persegue, mas sinto, de fato, uns respingos caírem sobre a minha cabeça. A sensação é deliciosa, calmante. Toda a angústia é aliviada com as águas flamejantes de Lethes. Não sei por que eu tenho medo de um fogo líquido tão gostoso, mas algo dentro de mim diz que eu devo correr, correr, correr. Fugir de Lethes. Por mim, por Júlia, por Elza, pelo garçom Gabriel e até mesmo pelo imbecil do Mark Balzer. Eu tenho que correr, pois eles têm direito à existência. Eu tenho que fugir, fugir *dela*, da tal mulher, seja ela quem for.

Fugir, correr, numa alucinada carreira. Correr até acordar.

1

**Londres,
14 de janeiro de 2015.**

Acordo assustado, banhado em suor. O alarme do despertador meio que se funde às vozes das pessoas gritando "não!", eco de minha fuga da cachoeira luminosa. Mas é apenas uma parte do sonho invadindo o mundo, pois ninguém poderia me alcançar, ninguém poderia me obrigar a mergulhar na cachoeira de Lethes. Já acordei e trouxe comigo minha memória. Como sempre, não faço ideia de onde estou e, dessa vez, não tenho grande curiosidade a respeito. O que me resta é o suor da fuga mesclado ao sabor amargo do acidente com Júlia.

O transtorno não me impede de entrar em modo automático e fazer a primeira coisa que eu sempre faço: vasculhar meus genitais. Homem outra vez e, pelo visto, a reencarnação aumentou meu pinto.

Se você acha que há intercalação lógica entre uma realidade e outra, está apostando alto demais. Lamento informar, leitor, mas há apenas caos em uma sequência randômica de realidades. Já despertei como mulher ao longo de cinco 14 de janeiros consecutivos, a ponto de achar que nunca mais seria homem outra vez. Não mais que de repente, lá estava eu oscilando entre um sexo e outro. Isso não é nada. Pior é quando ocorrem variações etárias: de criança a ancião em menos de 24 horas, ou vice-versa. Posso dizer, sem medo de errar, que me adaptar a diferentes idades é mais complicado do que a um novo sexo. Sexo, afinal, a gente só tem dois: macho e fêmea. Idades são muitas, cada uma com seu fardo singular. Experimente ser adulto num corpo de criança ou vice-versa e, depois, me conte.

O quarto onde desperto é escuro e quente. Não é um calor natural, tenho certeza de que se trata de calefação. Meu cérebro trabalha rápido e vai fazendo deduções: se estou num quarto com aquecimento artificial, então, faz frio. Se faz frio em janeiro, provavelmente estou no Hemisfério Norte. Isso, claro, se levarmos em conta que estou numa realidade de geografia e clima similar às outras. É raro, mas, eventualmente, acontece de eu me encontrar num mundo bizarro, como daquela vez em que um inverno nuclear havia tomado conta do planeta inteiro.

Levanto com cuidado, temendo esbarrar em alguma coisa e me ferir. Procuro algum interruptor de luz, o aciono e, tão logo a luz se faz, abafo um grito. Há uma mulher de pé em frente a mim. Uma mulher muito branca de cabelos longos e azuis, me olhando com cara de espanto. Cinco segundos depois, percebo que estou diante de um espelho. A mulher sou eu. Mas como, se tenho um (incomensurável) pinto? Me apalpo de novo, avalio meu reflexo, fico uns cinco segundos perdido em meu próprio labirinto binário de macho-ou-fêmea.

Eu voltei travesti. Transexual. Sei lá como se chama isso. Puta que pariu! Caralho! "Sexo a gente só tem dois". Pois bem, paguei a língua.

Não me entenda mal, leitor, não é que eu tenha preconceito. Eu já fui tantas coisas! Lembro vagamente, mas sei que fui puta russa numa vida, já fui uma filósofa romena, já amanheci no corpo de uma empregada doméstica bem pobre na Arábia Saudita. Uma transexual era apenas mais uma variação na vasta fenomenologia plena de contingências da existência humana e seria uma experiência de menos de 24 horas, logo...

...bah, mas nem fodendo eu sairia daquele quarto! Pensei em ficar ali o dia inteiro, até o Sol se pôr, bater o sono e adormecer, despertando para um novo 14 de janeiro de 2015 mais seguro e convencional.

Isso é o George Becker falando dentro de você, disse eu a mim mesmo (ou mesma). Eu tinha experiência nisso. Em duas horas, talvez menos, a personalidade daquela mulher transexual...

Meus seios são lindos

...assumiria, e eu não sentiria mais apreensão alguma.

Há um relógio em meu pulso. Um Rolex feminino. Seria verdadeiro? Por que o Rolex existe em tantas realidades? Isso é alguma forma de capitalismo metafísico? Seja real ou falso, ele me informa as horas: dez e meia da manhã. A transexual acorda tarde, pelo visto. Aposto que tem uma bastante ativa vida noturna. O George-hetero em mim se sente confuso, considerando que eu consigo me sentar sem sentir dor.

O quarto dela, digo, meu, não é muito do jeito que eu imaginaria como sendo o quarto de uma transexual. Ou, me corrijo, do jeito que *George Becker* imaginaria. O lugar é organizado e está óbvio – considerando as cores dos objetos – que a traveca tem obsessão por azul.

Traveca é a puta que te pariu, nazista escroto.

Dou uma porrada na têmpora direita, talvez, assim, as vozes parem de se misturar. Eu até admito deixar de existir pra dar lugar à "moça", mas dá pra esperar um pouco? Ou, então, assume logo essa carcaça e me deixa evaporar, caralho!

Pus-me a conjecturar sobre a existência de meu eu atual: eu me prostituía, como geralmente fazem as travestis na maioria dos mundos por onde passei? Teria sofrido preconceito? Provavelmente, sim. Como George Becker, eu jamais vira uma transexual. Elas não eram permitidas em meu nazi-mundo. Mas eu ouvira falar bastante delas, principalmente nas aulas de história. Os professores adoravam mostrar a "degeneração moral" anterior aos anos 1940, e transexuais e homossexuais faziam parte da exemplificação do que ficou para trás. Ironia das ironias, eu havia me tornado um exemplar de algo extinto em meu antigo mundo.

Uma boa e nova olhada no espelho, e não há como negar: eu sou bem gostosa.

Mas nem fodendo eu vou dar meu cu, penso.

Bobagem, George, bobagem, reverbera a outra voz, subindo cada vez mais e fazendo meu cérebro coçar, aquela coceira que as mãos não alcançam. A cada realidade, o novo eu se instala diferente da vez anterior. Às vezes, de um jeito suave; eventualmente, com violência. Desta feita, é como que uma marmota cavando espaço até a superfície, fazendo torrões de terra serem cuspidos para o alto. Uma maldita marmota, uma porra de um bicho cavador que dá risinhos afeminados à medida que sobe. É sempre mais doloroso quando deixo de ser homem e passo a ser mulher, embora o vice-versa não pareça tão complicado, sabe-se lá por quê. Talvez, o que incomode não seja o fato biológico de deixar de ser homem; talvez, seja um lance psicológico, uma parada de apego a defesas machistas. Como aquela vez em que, após uma vida como homem heterossexual, acordei na história de um cara gay ao lado de um marido bastante animado. Quase cortei os pulsos de tanto desespero, o masculino é mesmo um sexo tão frágil, tem chilique por tudo! E ainda nem sei se Cassandra é passiva ou ativa, ou ambos.

Cassandra, penso num estalo. *Meu nome é Cassandra Johnson.*

Um recorde de encaixe de lembranças. Mal se passam dez minutos e eu já tenho um nome, sinal de que a moça é forte e quer assumir o comando. Nem precisei checar a identidade. Ainda bem, pois, tão logo lembro meu nome, o telefone azul de visual *vintage* toca. Atendo e ouço a voz de outra mulher na linha. Ela fala inglês e, como em todas as outras vezes, eu entendo tudo. São os mistérios da memória e mais uma pergunta sem resposta: por que eu consigo me lembrar tão rápido do idioma de minha nova realidade, mas não do resto das coisas?

– Cassie? Cassie, você está atrasada! – diz a moça do outro lado da linha. Seu tom de voz faz meu estômago se contrair.

– Ah... desculpe, eu estava dormindo tão profundamente... não ouvi.

– Eu tô tocando sua campainha há trinta minutos e você não responde!

– Desculpa! – respondo.

– Ok, ok – diz a voz desconhecida. – Temos algum tempo. Se apronte e desça, o show não pode esperar! *Show*.

Era só o que me faltava, um show. Eu mal tinha lembrado meu nome precisaria, em breve, me lembrar de como se canta, se dança, ou coisa pior. E se for um espetáculo pornô? Eu posso apostar que é. Puta que pariu!

– Eu acho que hoje eu não vou – digo.

– O QUÊ? Ficou maluca, Cassie?

– É sério, não tô me sentindo bem. Acho que tô doente.

– Tá me zoando? Você não "acha" que está doente, você *é doente*, Cassandra! Nós precisamos de cada libra esterlina para custear seu tratamento, ou você acha que a rainha Diana irá mover alguma palha por você? Somos nós contra o tempo, mulher! Que porra!

Pelo visto, esta realidade é como a maioria das outras: uma Inglaterra governada pela rainha Diana e pelo rei Charles. E eu que cogitei ter ido parar nos Estados Unidos! Esse é outro aspecto curioso de acordar em realidades alternativas: as pessoas mudam o tempo todo, tanto quanto eu mudo. Quase toda identidade é contingente. Entretanto, por alguma razão que me escapa, algumas pessoas parecem ser *necessárias*. Na maioria dos mundos, há uma rainha Diana e um rei Charles. Em alguns poucos, Diana foi assassinada, ou cometeu suicídio, ou fugiu com amantes de ambos os sexos. Sempre há, todavia, uma Diana. Em algumas poucas realidades bizarras, a rainha da Inglaterra de 2015 ainda é Elizabeth em uma versão assustadoramente idosa que dá a impressão de uma múmia ressurreta. Quase sempre há um Jesus Cristo, um Napoleão, um Hitler, um Albert Einstein. E um Michael Jackson! Eu adoro os mundos em que Michael Jackson é um cantor famoso, mas, apesar de ele sempre existir, nem sempre é cantor. Em uma das vezes, pelo que lembro, Michael Jackson havia morrido aos nove anos de idade, vítima de maus tratos parentais, e não passava de um nome num recorte velho da página policial de um jornal americano. A realidade, às vezes, é uma verdadeira bosta. Ora, a quem eu quero enganar? A realidade é *sempre* meio que uma bosta, a diferença está no tipo de fedor que ela exala.

— Cassie? Cassie, você está na linha? Eu estou tentando te ajudar, mas não tenho como fazer esse dinheiro brotar do nada! Você tem que fazer o que é preciso! Concentre-se!

— Ok. Eu vou fazer o que é preciso — respondo, ainda sem entender patavinas do que a moça do outro lado da linha quer dizer.

Esses pensamentos sobre "contingência" e "necessidade" são um lance filosófico que carrego comigo de uma realidade pra outra. Tomemos, por exemplo, os planetas em toda a sua variedade. Admito que acordei meio astronômico, certeza que é saudade de Júlia. Mas vamos lá: todos os planetas são esféricos, isso parece ser uma necessidade do Universo em qualquer realidade na qual eu desperte. Quer dizer, nunca acordei em um universo cujos planetas são quadrados, ou seja, nem tudo muda. As demais características (cor, proximidade com o Sol, tamanho, massa etc.) são contingentes. Enfim, é isso: algumas pessoas são como a esfericidade dos planetas, têm existência necessária. Todas as outras, e estou me incluindo aqui, somos como cores e massas e tamanhos e distâncias: sempre mudamos. Eu, contudo, estou fadada a lembrar de que, se ontem era vermelha, nesta vida sou azul.

E que cabelos azuis lindos eu tenho! Tão hidratados! Balancei-os. Era bonito vê-los esvoaçar.

Quisera eu ser uma pessoa "necessária", pois haveria de manter um mínimo de identidade entre o adormecer e o despertar. Se eu sou apenas uma das pessoas contingentes, por que cargas d'água não sou agraciado, digo, agraciada com a amnésia coletiva que faz todos esquecerem de quem um dia foram? Quem seria Júlia nesta vida? Gosto de pensar que ela tenha ressurgido em uma pessoa menos injustiçada pela existência. Quanto a mim, preciso parar de me dispersar. Eu tenho que "fazer o que é preciso". O espetáculo.

Seja lá que merda isso signifique.

— Vista-se como deve — pede a moça ao telefone, arrancando-me dos devaneios.

– Tudo bem – respondo, já imaginando as implicações do conselho. – Desço em vinte minutos, está bem?

– Pfff! Está bem, Cassandra. Mas, por favor, não mais que isso. Todos os seus clientes estão esperando.

Abro o armário, sem ter ideia de como proceder. Eu já havia sido mulher diversas vezes, em 14 de janeiros anteriores, mas as lembranças de George Becker ainda martelam em meu cérebro e, bem, ele havia sido um tipo muito masculino daquele jeito estereotipado que pouco ou nada liga pra moda. Começo a catar diversas peças de roupa aqui e ali, juntando tudo conforme me parece adequado a uma transexual gigante de cabelos azuis. Ou, melhor dizendo, conforme *George* julga adequado. Ao terminar, penso estar adequada para o tal "espetáculo", embora não me livre da impressão de que estou fazendo algo errado.

Pego uma enorme bolsa azul, quase que por instinto, e saio do quarto. São quase onze horas da manhã, eu ainda tinha algum tempo. Encontro minha carteira e documentos fora da bolsa, em cima de uma penteadeira que parece ser do século XIX. A papelada confirma meu nome, Cassandra Johnson, assim como a idade: 25 anos. Uma transexual novinha que, pelo jeito, conseguiu modificar seu nome social. Eu havia nascido em Steventon, terra de Jane Austen, se é que havia uma Jane Estripadora neste mundo.

Começo a andar a esmo pelo corredor, tentando de algum modo chacoalhar as lembranças da vida presente. Pôr-me em movimento era algo que costumava funcionar, pelo que lembro. A pior estratégia era ficar parada tentando lembrar. Viram? Eu já pensava em mim mesma como mulher. Suas horas estão contadas, George.

Há outro quarto no fim do corredor, perto da escada. Abro a porta e sou tomada por uma lufada de ar frio, proveniente de algum condicionador de ar que praticamente congela o ambiente. Entre zonza e pasma com o fato de alguém querer baixar mais ainda a temperatura do inverno inglês, dou de cara com um rapaz esquisito.

Ele tem a cabeça raspada, olhos amendoados, e está deitado na cama branca de um quarto igualmente branco. Toda a obsessão que meu novo eu tem com azul, aquele cara parece ter com o branco. Eu não faço ideia de quem ele é, mas, pelo visto, o tinha acordado. Ele me olha com um ar de sonolenta curiosidade, parece que quer dizer algo, mas eu o corto:

– Oh! Desculpe, gatinho! Durma novamente, eu volto depois.

Fecho a porta antes que ele possa responder e saio correndo, descendo as escadas. Tudo de que eu não preciso, neste momento, é ter uma conversa maluca com alguém de quem eu não me lembro. Eu também não me lembro da moça ao telefone, mas ela fala e me interrompe tanto, que terminaria sendo útil ao processo de recordação. Além disso, a Cassandra Johnson dentro de mim está realmente apressada. Ela tem que ir para a apresentação. O tal show.

Saio de casa e me deparo com um cenário típico da Londres invernal, conforme conheço da maioria dos mundos. Faz um frio desgraçado, daqueles de fazer meu saco encolher. Do outro lado da rua, uma moça ruiva e sardenta me aguarda. Muito bonitinha, ela. Considerando os sinais dados por meu pau, ainda há bastante de George Becker dentro de mim. Não podemos negar que ele é um cara persistente.

A moça me olha com uns olhos arregalados, o queixo caído como se tivesse se deparado com uma girafa albina.

– Mas que porra é essa, Cassandra? Tá parecendo uma puta!

– Mas o show... Não... não estou bem?!

– Isso que você está usando é uma minissaia ou uma macro-blusa?

– A saia? Mas... Ora, eu achei que tinha ficado bonita!

– Você só pode estar de esculhambação com a minha cara, não é possível.

– Mas a saia... o show...

– Isso é alguma de suas piadas enigmáticas? Se for, não tem

graça nenhuma. Porra, Cassie, você é a melhor no que faz, quem vai te levar a sério desse jeito? Vestindo roupa de balada pra trabalhar? Fala sério!

Estou farta dessa maluquice, quase berro, mas consigo segurar a onda. E, então, a moça ruiva, bonita e tesuda se aproxima de mim e me dá um rápido beijo na boca.

– As coisas que faço por amor... – ela resmunga. – Toma, Cassie, vista meu sobretudo. Tudo de que não precisamos é que você pegue um resfriado. Nas próximas horas, você vai atender gente pra caralho.

Pelo visto, eu sou uma puta chique e preciso me vestir com mais requinte. A ideia de "atender gente pra caralho" faz o George-em-mim se revoltar. Além disso, meu pau ficou duríssimo depois do beijo daquela moça.

Stephanie. O nome dela é Steph.

Minha namorada, Stephanie Hermann. Informação súbita, um estouro de memória. E eu, pasma, sem entender bulhufas. Se eu tinha nascido homem nesta vida, por que diabos me tornaria mulher para pegar outra mulher? Que coisa mais complicada! Eu não estava só em meu espanto. Do outro lado da rua, um padre nos olha com um ar assombrado e o queixo caído. Quase grito *o que foi, nunca viu lésbicas antes?* Mas, quando olho novamente, ele já desapareceu.

– Vamos – diz Stephanie. – O próximo ônibus para Oxford Circus passa em dois minutos.

...e esta Londres é tão pontual quanto todas as outras, penso. E corro. Eu já estou quase acostumada a estar sempre correndo, seja qual for a existência. Como eu disse, alguma coisas são sempre as mesmas.

2

O ônibus chega logo, transbordando pontualidade britânica. Steph está muda e, embora eu interprete o mutismo como raiva, isso me dá tempo para tentar raciocinar e entender as implicações de ser quem sou desta vez. Que sentido há em ter me submetido a tantas intervenções estéticas, ter virado uma mulher tão bonita, se eu gosto de mulher? Eu sou uma transexual com uma *namorada*? Uma transexual lésbica? Como seria possível me definir dessa vez? Hetero? Homo? Eu me sinto uma mulher bem sapatona, mas não faz o menor sentido. Ok, vamos adicionar que não faz sentido *para George Becker*, mas uma voz dentro de mim deixa claro que "identidade de gênero" não tem necessariamente a ver com "preferência sexual".

Aceite, George. Pare de me julgar, George. Pare de pensar em mim como uma traveca sapatona, seu imbecil. Vá tomar no cu, George.

Permanecemos em silêncio por quase todo o trajeto. Eu já não tenho certeza se o silêncio de Steph é de fato raiva ou alguma outra coisa. Na altura da rua Montague, ela me pede um batom. Fascinante saber que há uma rua Montague neste mundo também. Estou cada vez mais convencida de que as cidades tendem a ser mais constantes que as pessoas. A gente passa, as cidades ficam. A gente vem e vai, as cidades perduram.

– Acho que deve ter algum aqui dentro – respondo, passando minha bolsa para ela.

Steph vasculha aquele notável abismo que é a minha bolsa e termina por encontrar o batom. O batom e algumas folhas de papel.

– Ainda isso de George Becker, Cassandra? – pergunta ela.

A pergunta me arrepia até os cabelos do cu. Desculpe a expressão, leitor. Coisas do George dentro de mim. Que cara mais grosso!

— Como assim?!

— Essas folhas de papel em sua bolsa não são o conto que você estava escrevendo?

— Conto?

— Não parece sua letra... Cassandra, que garrancho horrível! E que língua é essa? Espanhol? Mas está escrito "George Becker" na primeira página. Por que você está escrevendo seu conto em outra língua? Desde quando você escreve em espanhol?

Tomo as folhas da mão dela e constato, entre pasma e maravilhada, que *todas* as minhas anotações da vida pregressa tinham sido poupadas e me acompanhado à atual existência, caindo diretamente em minha bolsa. De que forma aquilo seria possível, eu não sou capaz de imaginar. Mas são, claramente, as minhas, digo, as anotações de George Becker. Em português. Eu não entendo mais nada de meu antigo idioma, mas sei que, no Brasil de minha última existência, se falava português, não espanhol. Isso o nazismo não havia conseguido modificar e, talvez, nem tenha tentado, até porque dá pra ser nazista em qualquer língua.

— Um conto? – pergunto.

— Sim, ora! Aquele conto bizarro que você andou escrevendo meses atrás, sobre um cara que vivia num mundo dominado pelo nazismo. O nome do personagem não era George? Pelo que lembro, era.

— É... pois é...

— Cassandra, olhe pra mim.

— Tô olhando.

— Você está tomando direito os remédios que o psiquiatra passou?

— Estou! Juro que estou! – respondo, toda falsa.

Steph me olha com uns olhos apertados de doninha ressabiada, mas logo reentra no modo silencioso. Relaxo. Entre o silêncio e o olhar de doninha, eu prefiro o primeiro.

Saltamos no cruzamento entre as ruas Regent e Oxford, e algumas coisas já se organizam melhor em minha cabeça. Temos que ir a um auditório alugado em um teatro vagabundo na rua Clifford, bem ao lado de um restaurante paquistanês. Tais detalhes vão se arrumando bem, embora eu ainda não consiga lembrar de minha vida como puta de luxo. Eu já não estou *tão* dominada pelo psiquismo de George, mas, mesmo assim, eu não consigo entender bem o que desabrocha dentro de mim como sendo "Cassandra Johnson". Os comentários de Stephanie não cessam de zunir dentro de minha cabeça, como furiosas abelhas aleatórias.

Pelo visto, meu eu desta vida tinha andado escrevendo uma história sobre meu eu pregresso?

Porra. E se for tudo fantasia da minha cabeça? A existência de George, de Júlia? Tudo? Não, não pode ser, eu não sinto como se fosse fantasia. Porém, pelo visto, eu faço tratamento psiquiátrico. Normal eu não devo ser, isso é fato.

Entramos pelos fundos do teatro e somos recebidos por um sujeitinho detestável que exala um cheiro podre de cigarro. *Billy*, penso. *Esse cara se chama Billy. Eu o detesto, mas preciso dele.* O cara saúda Steph com um beijo no rosto, mas, em mim, ele nem encosta. Quando me aproximo para cumprimentá-lo, ele evade, fazendo cara de asco. Ainda por cima, deve ser transfóbico.

– Até que enfim, hein? – diz Billy, mostrando seus dentes amarelos – Os clientes já estão pirando com o atraso!

– Quantos para hoje, afinal? – pergunta Steph.

– Trinta e sete – responde Billy.

Gelo por dentro. Não gosto nada da conversa.

– Meu "show" vai ser para todos de uma vez, né? – pergunto, alimentando a esperança de que eu iria dublar alguma diva, ou algo do tipo.

– Do que você está falando? – replica Billy. – Claro que não! Eles pagam caro pra serem atendidos individualmente!

– Quê?!

– Você terá que satisfazê-los um a um, Cassandra! Como sempre faz, ora! – diz Steph.

– O QUÊ? – grito, apavorada com a perspectiva de trepar com trinta e sete criaturas.

– Afinal, qual é o problema, Cassie? – pergunta Steph.

– Mas de jeito nenhum que eu vou atender trinta e sete homens numa tarde! Sem condições!

Billy ri com desdém, olhando-me como se eu fosse louca.

– Não são "trinta e sete homens", Cassie. E deixe de lado essa misandria de feminista traumatizada. Eu sei que você odeia meu pobre sexo, mas são apenas quinze homens.

Stephanie avança e acaricia meu rosto. Há algo levemente elétrico no toque dela. Que sensação esquisita é essa?

– O resto é tudo mulher, Cassie. E há duas ou três crianças. Não vão te dar trabalho, é tudo rapidinho. Cinco minutos com cada um, no máximo.

– Como? Crianças?! Rapidinho?! – eu digo, quase engasgando.

– Acompanhadas por um maior de idade, Cassie! Não há razão pra preocupação! – esclarece Steph. – Por que isso agora? Você já atendeu crianças antes e nunca se importou! Elas adoram você!

Mas, afinal, que merda é que eu faço? Que porra de mundo é esse em que uma transexual transa com crianças?

Estou desesperada. Pelo visto, eu vou precisar abrir o jogo pra Steph. Que diferença faz, afinal, se ela achar que eu estou louca? De certo modo, eu estou mesmo! Eu só não sei como começar, mas alguma privacidade seria bem vinda.

– Steph, eu poderia falar com você um minutinho? – peço.

– Claro, querida, mas... agora? Estamos atrasadas! – responde ela.

– *Muito* atrasadas – se mete Billy. – Os clientes já estão reclamando e pagaram adiantado!

– É só um minuto, Steph! Por favor!

Girando os olhos e respirando fundo, ela concorda:

– Ok. Vamos até o seu camarim, conversamos lá. Mas só por um minuto, está bem?

– Era só o que me faltava... – diz Billy.

Fuzilo Billy com o olhar e ele recua dois passos, assustado.

– Em mim, não – pede ele, quase choroso. – Você sabe que não suporto essas coisas.

Do que esse transfóbico de merda está falando? – penso. E me tranco com Stephanie no camarim. Que o tal Billy se foda!

3

— Steph, eu não tenho ideia do que fazer – respondo.

— Como assim, Cassandra? Que história é essa?

— Eu não sei o que fazer com essas pessoas. Não sei nem o que dizer.

Ela ri.

— Mas é claro que não sabe, Cassie. Como você haveria de saber?

— Como assim? Eu não deveria saber?

— Você só saberá o que fazer quando tocá-los um a um. Como sempre faz. Cada um tem necessidades especiais, ora.

Tocar? Eu sou uma massagista?

— Steph, eu não sei como explicar sem você me chamar de maluca. Eu não me sinto eu mesma, hoje.

— Qual é o seu problema, afinal? Você está tão estranha! Ok, não que você não seja estranha, mas, hoje, está ultrapassando as escalas!

Será que eu trabalho com reiki?

As lembranças esperneiam dentro de mim, eu posso sentir seus coices poderosos, elas querem sair. Eu só preciso relaxar, deixar que venham. Mas "relaxar" é um verbo difícil de alcançar no momento.

Melhor contar tudo de uma vez.

— Stephanie, o negócio é o seguinte: eu não...

Antes que eu possa continuar, uma pessoa adentra o camarim e me interrompe. É uma mulher com algo em torno de 55 anos, bem gorda, com ar desesperado e os olhos marejados de lágrimas.

— Ei, ei! – diz Steph. – Ei, minha senhora! Cassandra Johnson ainda não está disponível! Por favor, volte pro auditório e aguarde ser chamada!

— Não vão me chamar, eu não tenho dinheiro, não posso pagar o preço dela! – responde a mulher. – Mas eu preciso, preciso mesmo que ela me toque!

Ai meu Deus do céu, penso, *uma coroa tarada e pobre!*

— Senhora, infelizmente, não fazemos caridade – diz Steph. – Cassandra faz um tratamento que custa bastante caro e...

— Mas não vou tomar muito o tempo dela, é coisa rápida, por favor... – diz a mulher, estendendo as mãos pra mim em sinal de súplica.

— Steph, por que não podemos ajudá-la? – pergunto, embora repugnada com a ideia de "tocar" aquela mulher, de qualquer jeito que fosse.

— Cassie, se abrirmos uma exceção e a notícia se espalhar, todos os miseráveis da Inglaterra não sairão de sua porta, é isso o que você quer?

— Eu não conto, juro que não conto! – diz a senhora, já chorando e ainda me estendendo aquelas mãos cheias de manchas senis.

Algo dentro de mim parece turbilhonar, como água alcançando o ponto de ebulição. É o transbordamento da memória.

— Senhora, senhora, me escute – digo – Eu gostaria mesmo de ajudar, mas o que eu estava conversando aqui com minha amiga é que hoje eu acordei com um problema e não sei mesmo o que fazer, então...

Não consigo terminar a frase. A mulher agarra com força a minha mão esquerda e quase se atira aos meus pés, de joelhos.

— Por favor, pelo amor de Deus! Só um minutinho!

— Minha senhora, vou lhe pedir com educação que solte a mão da senhorita Johnson imediatamente – diz Steph, com o tom de voz de quem não pretende continuar a ser educada.

— Steph, está tudo bem... — respondo.

— Cassandra, solte a mão dela! Agora! — pede Steph.

— Não! Não! Me ajude, Cassandra Johnson! — implora a mulher.

— Aaaai! — gemo. — Que merda é essa? Levei um choque!

— Cassandra! Solte ela! — diz Steph, dando um passo pra trás, como se estivesse vendo uma bomba.

De repente, uma explosão branca diante de meus olhos.

Era como se eu tivesse tomado alguma droga. Minhas mãos ficam dormentes de tanta eletricidade e eu sinto um gosto metálico, ferroso, subindo pela garganta. Minha visão borra, como se eu tivesse me tornado subitamente astigmática, e a imagem da senhora estremece diante de mim. Acho que vou vomitar. O fato de Steph não parar de gritar só torna tudo pior:

— Solta, porra! Solta! Billy! Billy, venha me ajudar!

— Eu... não estou me sentindo bem... — balbucio.

A velha pede, aos gritos:

— Ah, minha Virgem Santíssima, me ajuda, Cassandra Johnson!

— Eu não... não sei como... — tento responder. Os espelhos, já borrados por porra de elefante, parecem estar tomados por fumaça. A corrente elétrica se espalha por todo o meu corpo.

— Eu só preciso saber de meu neto... — diz a senhora.

Billy entra no camarim. Agarra a senhora por trás, mas ela não se move, tal qual um rochedo fincado na terra. Não solta a minha mão de jeito nenhum.

Ele está vivo, diz uma voz dentro de mim. Ele quem? Eu não consigo pensar direito com Steph gritando tanto:

— Larga ela! Solta, porra!

— Minha senhora, vou ter que chamar a polícia? — diz Billy.

A mulher, ajoelhada, segura minha mão e borra minhas pernas com suas lágrimas e maquiagem excessiva.

— Mas eu preciso saber! Em nome de Deus, vocês não têm coração? Meu netinho...

Vivo e com medo. Sótão, casa antiga. Gato cinza. Stinky. Stinky é o nome do gato. E, agora, Billy vai dizer que ela tem que pagar, mas ela não tem mesmo dinheiro.

– A senhora precisa pagar! – diz Billy.

Meus cabelos azuis começam a se eriçar com aquela corrente elétrica passando por meu corpinho torneado e hormonizado.

– Mas eu não tenho dinheiro! – responde a senhora.

Oh, meu Deus do céu. Eu sou uma porra de uma vidente. E, pelo visto, genuína. Poderosa pra caralho. Uma merda de uma pitonisa pós-moderna, uma paranormal transexual lésbica de cabelos azuis, todas as esquisitices juntas numa só pessoa.

Você, leitor, pode me achar bizarra. Mas eu sou uma pessoa bizarra que sabe das coisas, me acompanhe:

– Seu neto está vivo e, por enquanto, não corre perigo, mas a polícia precisa, urgentemente, prender o sequestrador. Ele é um homem branco e forte de mais ou menos sessenta anos. Eles estão numa casa em East End. Uma casa de dois andares bem perto de Albert Gardens. Há um gato cinza imenso que não sai da porta, o sequestrador lhe dá comida vagabunda e o chama de Stinky. Stinky tem problemas renais. Oh, puta merda... Há pelo menos quatro meninos sequestrados... e duas crianças enterradas dentro da porra do porão da casa!

A mulher me solta e cai de joelhos no chão, em prantos.

– Ai, graças a Deus!

Ah, a tentação de voltar a ser apenas George Becker! Mas eu percebo que tenho uma responsabilidade, e, de jeito nenhum, eu permitiria que aquelas crianças fossem assassinadas. Sinto-me a super-travesti, sorrio e vejo como eu sou linda, mesmo que no reflexo dos espelhos vagabundos e manchados por porra de elefante.

4

É engraçado como as coisas são. Eu sempre soube que era menina, até quando todos me diziam o contrário, insistindo em me chamar de Elliot e me vestindo com roupas horrorosas de menino.

Mas eu, que sempre soube quem era, tinha a personalidade forte o suficiente para bater pé, fazer birra e gritar o contrário do que impunha minha estranha biologia: não, não, eu não sou menino, sou menina, isso que desabrocha no meio das minhas pernas é um engano. Eu jogava todas as minhas cuecas fora e, escondida, usava as calcinhas de minha irmã.

É apenas uma fase, diziam os adultos. *Fantasias de criança*, insistiam os pastores anglicanos. E eu, que nunca fui boba nem nada, prestava atenção em tudo para jamais esquecer, quando adulta, do quanto as pessoas pensam que crianças são idiotas.

De tudo isso, o mais esquisito é que eu sempre tenha sabido que era uma menina, mas tenha descoberto tão tarde na vida que era paranormal.

Quer dizer, se pensarmos em tudo o que compõe nossa identidade, o gênero parece ser uma das coisas mais importantes, talvez, bem mais significativo do que esta anomalia cerebral que me confere habilidades de vidência. Sim, eu sempre soube que era menina, mas o conhecimento de minhas habilidades sensitivas só brotou em meu primeiro contato sexual.

Foi, praticamente, uma porra de estupro, aos quinze anos de idade, protagonizado por um vizinho irlandês. Ele era um escroto e eu espero que queime no inferno, mas havia sido a primeira pessoa a me ver como a mulher que eu era. Acho que nunca tive tantos sentimentos ambíguos quanto quando Eric me agarrou e me forçou ao sexo. É claro que eu não gostei, o corpo masculino sempre me causou repugnância, mas um lado meu explodia de felicidade enquanto ele me dizia *eu sei, eu sei que você é uma mulherzinha*. Claro que ele me deu um soco na cara quando eu respondi *sim, eu sou uma mulherzinha e você só tem mais três meses de vida, pois sofrerá um acidente vascular cerebral no próximo outono, o que é muito raro em alguém tão jovem*, só que o soco nem doeu. Fico meio insensível, quando estou em transe.

Sem dúvida, os piores momentos eram os aniversários e natais. Minha irmã, Marsha, de quem eu roubava as calcinhas, ganhava os melhores brinquedos: Barbie Enfermeira, Barbie Cantora de Rock, Barbie no Mundo da Magia, Barbie Militante Ecológica. Papéis de carta coloridos, com temas florais ou repletos de estrelinhas. Barbie Patinadora. E eu? Quando insistiam que eu era Elliot, tudo se resumia a carrinhos, revólveres de brinquedo, trenzinhos, bolas de futebol, mas eu daria a vida (de Marsha) pela Barbie Comissária de Bordo. Eu odiava aqueles presentes, ficava me corroendo de inveja de minha irmã mais velha. Quebrava os carrinhos, usava a bola pra quebrar janelas dos vizinhos e atirava os trens de brinquedo nos profundos do Tâmisa.

Aconteceu exatamente do jeito que eu havia previsto: lá pra meados de outubro, quando o chão das ruas foi tomado pelo tom ferruginoso das folhas que caíam, meu vizinho Eric caiu duro (e ferruginoso) em frente a uma loja, logo após comprar uma caixa com mais de trinta *Kit Kats special edition* com pedacinhos de amendoim. Caiu de cara, ploft, e morreu na hora. Acredite ou não, leitor, eu chorei escondida. Por mais filho da puta que fosse, Eric foi a primeira pessoa nesse mundão que reconheceu a mulher em mim.

Stephanie fica puta da vida quanto eu conto essas coisas. Ela diz que ninguém jamais deveria derramar uma lágrima por um estuprador, ainda mais por um estuprador de pré-adolescentes, mas desisti de explicar. Cansei de explicar que eu não chorava *por Eric*. Chorava de alívio por ter sido reconhecida como mulher. Alguém vira! Alguém enxergara! E, agora que Eric tinha morrido, quem mais poderia olhar na minha cara e dizer de modo tão convicto *eu sei, eu sei que você é uma mulherzinha*? Bem, felizmente, conheci Stephanie, e ela também me trata como mulher.

E nunca me estupra, o que é ótimo.

Houve um momento anterior a Eric que poderíamos chamar de divisor de águas. Eu tinha algo em torno de sete anos de idade e fui pega em flagrante por papai, enquanto ensaiava cortar meu próprio pinto fora com uma tesoura escolar. Ele chorou, eu chorei, ele me abraçou e me prometeu:

– Sua mãe vai surtar, então, vamos combinar uma coisa: quando ela não estiver presente, eu te chamo de "ela" e te deixo vestir as roupas de Marsha. Quando você for mais velha, vai poder fazer o que quiser. Até lá, é nosso pequeno segredo. Mas por favor, por favor, Elliot, não tente cortar seu piupiu novamente!

– Cassandra – eu disse, com toda a certeza que há neste mundo.

– Hein? – perguntou papai.

– Meu nome é Cassandra. Me chame de Cassandra, não de Elliot. Elliot é nome de menino.

– Mas de onde você tirou esse nome?

– Da mitologia grega.

Vocês podem até argumentar que papai foi a primeira pessoa que me reconheceu como mulher e não Eric, mas isso, infelizmente, não é bem verdade. Ele apenas não queria que eu cortasse meu pinto fora com uma tesoura escolar. Apenas resolveu fazer meu jogo. Na real, ele tentava salvar o homem em mim! A situação de Eric era completamente diferente. Ele *viu* a mulher em mim. Era um escroque violento que merecia apodrecer na prisão, mas ele *viu*. E isso me deu uma força que ninguém jamais conseguiu entender.

No enterro de Eric, compareci toda montada, linda e maravilhosa, meu modelito inspirado na Barbie Comissária de Bordo que eu sempre quis ter. Se nunca pude ter, nada me impediria de ser. Eu estava linda. Vocês notam a ironia metafísica disso tudo?

Eu nasci num enterro. E era alta e linda e loira e ninguém, *ninguém* tirava os olhos de mim. Acho que era o véu de viúva. De certo modo, em minha confusão mental juvenil, eu me sentia meio viúva daquele estuprador irlandês fedido

Escroque bandido filho de uma puta apodreça no inferno.

Entre uma calcinha nova e outra, entre esmaltes deslumbrantes importados do Brasil e injeções de hormônio pagas por papai (*só não corte seu pinto, Elliot, pelo amor de Deus!*), é óbvio que eu me punha a pensar sobre o que tinha ocorrido enquanto Eric me comia. O transe súbito, a certeira profecia. Pus-me a juntar algumas peças: a sensação de formigamento quando eu tocava alguém por muito tempo, a minha repugnância a abraços prolongados, as luzes que eu, eventualmente, via dançando em torno das pessoas. Enfiei-me na Biblioteca Britânica e só saí de lá depois de ler tudo o que podia sobre esoterismo e parapsicologia. A maioria das coisas era balela, bobagem e cafonice, mas aprendi o que era necessário e terminei procurando a Sociedade para Pesquisas Psíquicas, em Marloes Road. Não sei o que teria sido de minha vida se eu não tivesse encontrado a gentil orientação de Guy Lyon Playfair, um velho britânico nascido e criado na Índia.

– Você é um caso magnífico, minha cara. Genuína até os ossos. Em todos os sentidos, se me permite – disse-me Guy, certa feita.

– Como assim? – perguntei.

– No sentido paranormal e na fenomenologia identitária, Cassandra. Você é mesmo uma mulher transexual, há diferenças anatômicas substanciais em sua anatomia cerebral. Uma mulher aprisionada num corpo masculino. Se bem que não tão masculino atualmente, se me permite. Os hormônios estão fazendo um trabalho excelente.

– Obrigada!

– No que concerne ao aspecto parapsicológico, você é um fenômeno. E eu posso apostar que a mesma mutação cerebral que faz de você transexual, lhe confere poderes psíquicos. Sua pituitária é interessantíssima!

– Sempre elogiaram meus olhos e cabelos, doutor Playfair. A pituitária é a primeira vez. Obrigada.

– Você passou em todos os testes parapsicológicos. Nunca vi algo tão notável em toda a minha longa vida. Exceto, talvez, quando estudei Nina Kulagina, aquela russa gorda na foto atrás de você. Mas as habilidades dela eram diferentes. Ela movia objetos e não dispunha de controle sobre as próprias faculdades. O que mais me espanta, Cassie, é o pleno controle que você tem de seus poderes.

– Não sei se chamaria isso de "pleno controle", doutor. Eu não posso tocar ninguém por muito tempo. E as coisas que consigo captar são aleatórias.

– Eu posso ajudá-la, se você me permitir.

– Pode? Como?

– Yoga – ele disse, oferecendo aquele largo sorriso vegetariano com folhas de alface entre os dentes.

5

E tome-lhe Yoga! Foi com muita, muita Yoga, que eu desenvolvi um controle mínimo de meus poderes psíquicos. Isso me permitiu ter uma vida afetiva e sexual, ainda que aos trancos, ainda que fosse difícil impedir as visões no momento dos orgasmos. Era bem difícil que alguém quisesse continuar a namorar com uma moça lésbica que, além de ter um pinto enorme, vomitava profecias na hora em que gozava.

Você na verdade é adotiva, sua mãe verdadeira mora no Egito e é costureira. Ou: *mude sua alimentação, suas artérias estão entupidas.* Horror dos horrores: *ai vou gozar, vou gozar, câââncer no rim, seu pai tem um câââncer no rim!!!*

Ninguém merece, mas, pelo menos, eu tinha o Guy pra me ajudar. Só que a boca das pessoas é bem grande e, em menos de um ano, a minha fama de feiticeira de Salem já tinha se espalhado por toda Camden Town. Só não tomou Londres inteira porque eu vivia enfurnada em Camden Town, sendo sustentada por uma cantora de *jazz* que nunca decolou: uma menina muito talentosa (meu sonho de consumo, mas, infelizmente, ela é hetero) chamada Amy Winehouse. Por cinco anos, eu fui mantida por Amy, para quem eu lia o futuro toda semana. Às vezes, eu lhe predizia coisas notáveis, como o contrato que ela assinou com a Sony. Às vezes, eu profetizava banalidades, tais como *no próximo fim de semana, você vai dar pra um árabe pauzudo.*

Só que Amy, não conseguindo decolar como cantora de jazz, mesmo com todo seu talento, decidiu participar de um British *Big Brother*, venceu o programa e terminou casando com um americano ricaço que a levou para a Califórnia. Adeus, emprego em Camden Town. Foi aí que eu conheci Stephanie Herrmann, a linda Steph, por quem me apaixonei assim que nela pus os olhos. Steph, que tinha toda a paciência do mundo quando eu, ao gozar, gritava loucuras como *você vai pegar piolho sexta-feira na estação King's Cross de metrô!*

  Steph, de início, era contra eu usar meus talentos pra ganhar dinheiro. Algum tipo de moralismo anglicano que eu nunca consegui entender. Tudo mudou depois que descobrimos sobre minha… doença. Eu ainda não conseguia lembrar direito que doença era, mas não estava muito preocupada. Afinal, a minha existência como Cassandra Johnson se limitaria àquele dia 14 de janeiro de 2015. Além disso, eu não sentia nada. Nadinha de nada. Fosse o que fosse, não devia ser grave. Mas eu lembrava que estávamos juntando uma grana e que precisaríamos de todo dinheiro possível para meu tratamento médico. O que nos leva de volta àquele momento específico no qual, pronta para arrasar na mediunidade num teatro alugado e encher a bolsa de grana, eu fui agarrada por uma distinta senhora inglesa cujo neto havia sido raptado pelo que parecia ser um pedófilo em East End.

6

O que devia ter sido um favor, terminou se convertendo em empenho integral. A tal avó desesperada do menino sequestrado chamou a polícia e insistiu para que eles seguissem as minhas orientações. É claro que os policiais a tomaram como louca e a mim como charlatã exploradora do desespero alheio. A presença da polícia afastou os clientes do dia, deixando Billy e Steph putos da vida.

– Ok, muito bem, eu preciso de um tempo – digo, meio que arfando e suando frio, tentando organizar minhas lembranças ainda misturadas com as de George Becker e retomar a compostura. – Eu faço esse troço todos os dias?

– Que pergunta é essa? Claro que não! – responde Steph – Após um dia de consultas, você precisa de outro para dormir e se recuperar.

– Mas não foi sempre assim – comento, tentando dar vazão às lembranças.

– Não, mas agora você precisa do dinheiro. Por causa do tratamento. E eu consegui muitos clientes pra você – responde Billy. – E, agora, você fez o favor de afastar todo mundo, dando atenção praquela velha.

– Você fala como se nos fizesse um favor, mas, evidentemente, você arrecada um percentual de toda essa grana – digo.

Billy ri, exibindo aqueles horríveis dentes amarelos:

– Dinheiro honesto.

Stephanie põe a mão na testa, seus olhos virando com impaciência, e diz:

– Ok, chega. Chega, tá bom? A situação é grave, Cassie. Perdemos toda a clientela do dia, precisamos de pelo menos setenta mil libras e não chegamos nem a um terço da grana necessária. Sem esse dinheiro, seu tratamento...

– Eu acho que podemos lucrar com isso – interrompe Billy.

– Vendo agora pelo lado bom, se Cassandra acertou sobre o garoto sequestrado, amanhã, ela estará em todos os jornais de Londres.

Amanhã, nem eu e nem você existiremos, idiota – penso, mas nada digo.

Steph parece se tranquilizar diante da nova perspectiva:

– É... eu não tinha pensado por esse ângulo.

– Nenhum de vocês está minimamente preocupado com o sofrimento daquela pobre senhora? Dinheiro é tudo o que passa por suas cabeças?

– Não seja injusta, Cassandra! – diz Steph – Injustiça e crueldade, isso é tudo o que você tem pra oferecer hoje? Que diabos aconteceu com você?

– Como assim?

– Você está estranha, Cassie! Acordou desbocada, toda machona, está até andando estranho e desengonçada e, agora, vem com essa ingratidão pra cima de mim? De mim? Mais do que ninguém, você sabe que eu cago pro dinheiro, porra! Estou cagando pra essa merda de dinheiro! Eu quero que você possa pagar seu tratamento, sua imbecil!

– Mas, afinal, de que tratamento vocês estão fal...

Antes que eu possa completar minha pergunta, três policiais adentram o camarim: dois negros e um inglês com a cara inchada e vermelha, típica de quem tinha se afogado em bebida na noite anterior.

– Muito bem, com sua licença, quem é Cassandra Johnson? – pergunta um dos negros, o mais alto e corpulento.

– Sou eu – respondo.

– Senhorita Johnson, você confirma ter dado algumas informações sobre o paradeiro do neto da senhora Hudges?

– Confirmo.

– E como a senhorita teve acesso a tais informações?

– Eu sou sensitiva.

– Sensitiva – repete o policial. – A senhorita quer dizer que recebe essas informações do além?

– Não sei de onde as recebo, policial. Não falo com mortos ou algo assim, se é isso o que o senhor quer saber. A mulher me tocou e eu, simplesmente, soube responder o que ela precisava.

Os policiais se entreolham, mas não percebo sinais de ironia ou de irritação. Não percebo sinal de nada. Suas expressões são tão fáceis de ler quanto as de uma estátua cujo rosto tivesse sido apagado pelo tempo.

– Senhorita Johnson, creio que não é preciso lembrar do quanto somos ocupados. Enquanto estamos aqui, poderíamos estar em outro lugar, resolvendo problemas – diz o policial corpulento, tirando todas as minhas dúvidas a respeito do que eles pensavam sobre mim.

– Bem, não fui eu quem os chamou aqui – respondo. – A senhora Hudges precisa de vocês, não eu. Tudo o que eu tinha para dizer, eu já disse. Se não acreditam em mim…

– A questão não é essa – interrompe o policial de aspecto inglês vermelho e inchado. – Nós iremos verificar. É que precisamos colocar alguma justificativa no relatório e não achamos que vá pegar bem escrever algo como "informação dada por sensitiva".

– Ora, pois escrevam o que quiserem! – respondo, irritada – Apenas façam o trabalho de vocês e salvem aquele pobre menino antes que o maluco de East End faça algo pior. Na verdade, *aqueles meninos*. Eu vi quatro, fora os que estão enterrados.

– Quatro meninos. A senhorita tem este nível de detalhamento?

– Tenho. Há um gato na casa, o nome dele é Stinky.

– E por que a senhorita sabe o nome do gato, mas não sabe o nome do sequestrador?

– Eu não sei, entendem? Eu não sei como eu sei essa porra! Eu não controlo como ou de que modo as informações vêm, nem os detalhes!

– Não seria mais fácil admitir que a senhorita sabe de tudo isso por conta de alguma… fonte privilegiada? A senhorita por acaso conhece este suposto sequestrador de meninos?

– Era só o que me faltava, vou virar suspeita agora? Prendam esse tarado! Enquanto vocês perdem tempo aqui, interrogando a médium traveca, aquele maluco está lá em East End, fazendo sei-lá-o-que com os meninos!

– Então, senhorita Johnson, não duvidamos de você – interrompe o terceiro policial, que até então tinha permanecido calado. – Mas queremos que a senhorita entenda que, se sua descrição bater com a realidade, precisaremos interrogá-la bastante. Duvido que o Departamento de Polícia vá engolir essa alegação de "poderes psíquicos".

– Ih, ferrou – resmunga Billy.

– Policial, só queremos ajudar. A senhorita Johnson não tem a menor razão para esconder nada dos senhores, ok? – diz Steph.

Fico em silêncio por alguns segundos, tentando processar aquilo. Eu já aceitava o fato de ser uma transexual paranormal lésbica de cabelos azuis, mas a ideia de ser suspeita de cumplicidade em sequestro não era algo com que eu estivesse a fim de lidar.

– Bem, isso é o que vamos ver – responde o policial inglês. E, sorrindo, estende a mão para que eu a aperte. Uma despedida.

E eu apertei. E vi.

– Cassandra, não se preocupe, você vai estar certa, vai sair nos jornais e vai ganhar rios de dinheiro com isso. A chateação de ter que lidar com a polícia vai ser bem compensada – diz Billy.

Sorrio, tentando demonstrar satisfação, porém o dinheiro não me importa. Eu sei que não haverá "dias seguintes", eu estou presa a um eterno agora. Pensando sob essa ótica, nem mesmo o menino sequestrado importaria, já que ele deixaria de existir quando eu adormecesse. Mas, quer saber a real? Fazer o bem, mesmo consciente da efemeridade de meu gesto, seria bom pra alma. E, sem dúvida, bem melhor do que passar o meu último dia como Cassandra Johnson trancada em um teatro vagabundo, lendo a sorte de gente chata. As lembranças voltam pouco a pouco, e eu sabia o que me esperava se eu ficasse ali: *ele vai voltar pra mim?, ela me trai?, receberei a promoção?*, e tantas outras futilidades.

Os policiais se despedem a vão embora. Assim que saem, viro-me para Stephanie e disparo, resoluta:

Vamos pra East End. Agora.

– Fazer o quê por lá, Cassandra?

Stephanie não cessa de devorar bombons, um atrás do outro, enquanto tamborila o chão com o pé direito. Eu não preciso de sensitividade alguma para saber que ela está no limite da irritação.

– Procurar pela casa do sequestrador. Salvar os meninos – respondo.

– O quê? Mas os policiais... – tenta argumentar Steph.

– Eles não vão até East End. Eles pensam que somos malucos. Que eu sou charlatã. Vi isso no momento em que apertei a mão do branquelo inchado. Eles vão passar a próxima hora comendo rosquinhas e tomando um *macchiato* no Caffé Nero.

– Bem, isso não é da nossa cont... – diz Billy.

– Aqueles meninos podem *morrer*, Stephanie – eu grito. – *Morrer!* Eu não vou deixar! Vou até East End, com ou sem vocês! E ninguém vai me impedir! E aí? Vocês vão comigo ou eu vou sozinha?

Nunca fui tão convincente. Em dez minutos, tomamos o metrô. Não sem antes Billy pegar seu e-Pad pra filmar tudo.

– Vou pôr nossa operação de resgate no Alltube – diz ele. – Você vai ficar rica, e eu também.

Quase sinto pena. Billy não é uma rainha Diana, não é um Michael Jackson. Ele está fadado a existir por apenas algumas horas. Uma existência chata e desagradável. Mas, bem, ele é o que eu tenho pra hoje. Ele e a linda Steph. Haveriam de servir. Pois, mesmo que tudo fosse efêmero e evaporasse após as doze badaladas, eu haveria de conseguir salvar alguém em alguma realidade que fosse.

Eu sou mesmo uma traveca bem teimosa.

Traveca é a sua mãe, George. Sai fora.

E não é mais possível negar: dessa vez, eu adoro ser eu.

7

A gente pode ser cheia de certezas absolutas, mas é interessante como o menor indício de dúvida tem a propriedade de ocasionar rachaduras em qualquer convicção.

A primeira fissura, não tão significativa, ocorreu quando Steph me disse, no ônibus, que eu tinha passado os últimos meses dedicada a escrever um conto sobre um mundo dominado pelo nazismo, cujo protagonista se chamava George Becker. Ok, isso era mesmo angustiante, já que eu lembrava muito bem de ter sido George. Ele não era um personagem ficcional, era a minha vida anterior, no último 14 de janeiro de 2015. Eu me lembrava dele, e de quase nada de minha atual existência como Cassandra Johnson. Mas, então, acontece outra coisa que faz aumentar a rachadura, algo como um terremoto de cinco graus na escala Richter: enquanto vamos para East End no carro de Billy, eu vejo a mim mesma num outdoor – pequeno, provavelmente barato, mas, ainda assim, um outdoor – que anuncia "Uma Rosa no Inverno, o último romance de Cassandra Johnson!".

Então, eu sou mesmo uma escritora. Não devo ser exatamente bem sucedida, já que preciso complementar a renda atuando como vidente em teatros carcomidos. O que não é, aliás, surpresa. Em qualquer realidade, onde lembro já ter despertado (se é que isso é verdade e não um produto de minha imaginação), escritores precisam de uma fonte financeira mais segura. Até a paranormalidade é mais estável economicamente do que as letras.

E, é claro, há também outro fator a aumentar as rachaduras: quanto mais o tempo passa, mais eu me esqueço de minha suposta existência como George Becker. Mas o luto por Júlia persiste, como alguma forma sofisticada de confusão mental. Em compensação, as lembranças de minha existência como Cassandra se tornam mais sólidas a cada minuto, e eu sou capaz de reproduzir com precisão cada detalhe do rosto de meu mentor, Guy. Ora, eu seria capaz de descrever a evolução mensal do tártaro nos dentes amarelos de Billy, ou coisas mais agradáveis, como cada sinal e estria no corpo de Steph. Assustador pensar assim, porém, é cada vez mais razoável considerar que minhas lembranças de vidas pregressas, talvez, não passem de convincentes e mirabolantes criações psicológicas.

E há também minha doença, sobre a qual eu não consigo me lembrar e tenho medo de perguntar qual é. Talvez, eu seja apenas louca. Não o suficiente para ser internada, mas, ainda assim, maluca.

Juro que eu teria me deixado convencer, ainda que com alguns indícios contrários, como, por exemplo, o fato de meus últimos escritos sobre George terem sido elaborados em língua portuguesa. Eu não consigo lembrar de jeito nenhum de ter aprendido português em minha vida como Cassandra. Mesmo assim, eu teria deixado pra lá.

Juro que teria, se não fossem as moedas.

O fato é que, enquanto Billy nos conduzia a East End, Steph pediu que parássemos em uma loja de conveniências, pois precisava ir ao banheiro. Disse que precisava de uma bebida. Perguntou se eu tinha dinheiro trocado, pois o vendedor a mataria se ela oferecesse uma nota de cem libras por uma bebida de duas. Estendi a bolsa e disse:

– Com certeza, tenho umas moedas. Tome, leve a bolsa e procure.

Em menos de dez minutos, Steph retornou bebendo um energético perigosamente violeta, cuja propaganda prometia a sensação da decolagem de um foguete. Entrou no carro, me ofereceu um gole e eu neguei. Então, ela me olhou com um ar estranho e comentou:

– Não sabia que numismática era um novo hobby seu.

– Numistática? O que é isso? – perguntou Billy.

– Numismática – corrigiu Steph. – Coleção de moedas. Moedas antigas, ou de outros países, ou tudo isso junto. Moedas raras, outras nem tanto. Tive que pagar com a nota de cem libras, Cassie. Sua bolsa não tem uma só libra esterlina.

– Claro que tem! Eu mesma ouvi o som das moedas balançando aí dentro!

– Não tem, tô te dizendo! Aí dentro, só tem esse monte de moedas de *reichmarks* cunhadas em Hy-Brazil. Isso é "Brasil"? Achei que o dinheiro deles fosse o tal "cruzeiro".

– Como assim? – perguntei, espantada, tomando a bolsa de volta. Dentro dela, vi diversas moedas. *Reichmarks*. O troco das compras de Júlia! Pelo visto, o diário de George Becker não tinha sido a única coisa a me acompanhar de uma realidade pra outra. Não, eu não estava louca, embora houvesse algo – ou alguém – tentando me enlouquecer. George era real, Júlia também. Eles tinham existido, não importa o quanto a realidade atual tentasse me convencer de que eu os havia inventado.

– Você não se lembra de ter comprado essas moedas? – perguntou Steph, com desconfiança. Eu conhecia aquele olhar de "estou preocupada novamente com a sua sanidade mental".

– Não, não é isso, eu apenas não me lembrava de tê-las posto na bolsa – menti. – Comecei a colecionar algumas moedas, nada de mais, só que podia jurar que as tinha guardado.

Eu podia contar a verdade. A deixa era excelente. Mas, se eu o fizesse, eles desistiriam de ir comigo até East End. Capaz de Steph querer me levar ao psiquiatra.

– Bem, acho que a gente devia conversar sobre isso com seu médico, na próxima consulta. Tanta distração talvez seja efeito colateral dos seus remédios – disse Steph.

– Acho que você tem razão – concordei, encerrando o assunto.

Estávamos quase chegando, quando Billy freiou bruscamente o carro em uma encruzilhada. O semáforo estava quebrado e não cessava de piscar laranja. Nada poderia ser mais adequado. Era, exatamente, como eu me sentia: presa em uma encruzilhada entre infinitos mundos, vítima de um semáforo defeituoso.

8

Enquanto Billy dirige, eu aproveito para escrever no banco de trás (sob o olhar de Steph, espelhado pelo retrovisor, transbordando estranheza) este relato que você agora lê. Se tudo acontecer conforme ocorreu em minha vida anterior como George Becker, minha próxima personalidade terá acesso à minha existência como Cassandra Johnson. O ato de escrever me oferece a oportunidade de não me perder no redemoinho das existências, ajuda a entender de onde eu vim e, talvez, em algum momento, se as anotações continuarem a mudar de realidade junto comigo, eu possa descobrir algum padrão capaz de me fazer entender o que está acontecendo. Neste preciso momento, se eu contar que estamos presos na mesma data infinita, no mesmo eterno 14 de janeiro, ninguém acreditará em mim. Eu serei apenas apontada como uma traveca lésbica, paranormal e louca. Então, guardo meu segredinho.

As palavras funcionam como o novelo de linha daquela figura mitológica, a tal Ariadne, demarcando a passagem de Teseu pelo labirinto do Minotauro. Permitindo que o herói não se perca e possa retornar para os braços de sua amada. Não que eu tenha qualquer esperança de escapar de meu próprio inexplicável labirinto, mas eu queria, pelo menos, poder saber por onde andei. E, quem sabe um dia, voltar para mim mesma.

O tempo de deslocamento até East End serve também para que as coisas se acalmem dentro de mim e as memórias possam se organizar. Eu, cada vez mais, me lembro menos de George Becker e não me preocupo com tal esquecimento, já que as partes mais interessantes sobre minha vida pregressa estão anotadas e protegidas na bolsa. É estranhíssimo constatar o quanto a imensa importância atribuída a Júlia Rivera persiste, mesmo com o derretimento do ego de George Becker. O problema é que, junto a esse sentimento, desponta a paixão que eu sinto por Stephanie. Como é possível amar tanto duas pessoas e não se sentir traidora de nenhuma?

Mas eis que East End desponta em toda sua sobriedade marrom de casas todas idênticas e vendinhas indianas ou paquistanesas em cada esquina. Um cabeleireiro africano anuncia cortes por apenas 5 libras, "apenas para cavalheiros", e eu pensando que podia ter um ataque de loucura, entrar no salão, colocar meu pinto pra fora, dizer *contemplai minha identidade de cavalheiro, agora corte meus lindos cabelos azuis. Tem troco pra cinquentinha?* É George, insistente, me fazendo pensar essas coisas malucas.

As ruas estão cheias de gente. Eventualmente, alguém esbarra em mim, e é aí que percebo quão forte é meu dom. Só no roçar da pele, imagens explodem em minha mente, a intimidade alheia se desdobrando sem pudor. O homem que bate na esposa. A adolescente que namora escondido um homem muito mais velho. A senhora idosa que envenenou, secretamente, a cadela da vizinha, porque se irritava com os latidos. A moça que come os próprios cabelos quando ninguém está olhando. São sempre as coisas mais secretas as primeiras que despontam.

– Quanto mais se tenta esconder algo, mais a coisa fica à flor da pele, você sabe disso – explicara Guy, numa de nossas aulas de Yoga há alguns anos. – Apenas com muito contato, você consegue ver outros aspectos da vida alheia.

– Mas por que é assim? – quisera eu saber, na época.

– E como é que eu vou saber? – respondera Guy.

Pois é, ninguém sabe tudo.

East End é um lugar imenso, mas eu tenho algumas pistas, como a proximidade a Albert Gardens, o que reduz as possibilidades de investigação de centenas de casas para algumas poucas dezenas. Só que, como todas as casas são idênticas, minha única boa pista é o gato. Stinky, gordo e cinza, rondando a casa onde seu humano psicopata de estimação vive, mata crianças e oferece ração.

– Não é estranho que um sociopata goste de gatos? – comento.

– E por que seria estranho? – pergunta Billy, com indisfarçado desprezo na voz.

– Normalmente, que eu saiba, eles começam seu estágio probatório de maldade usando pequenos animais – respondo.

– Onde você viu isso? Na TV, aposto – ri Billy.

– E se foi? Qual o demérito? – replico.

– "Demérito"? Como acordamos cultos hoje! – ironiza Billy.

– Chega! – interrompe Steph. – Vocês dois vivem se alfinetando, isso enche a paciência! Cassie, se vamos mesmo fazer essa maluquice, acho bom que a gente descubra logo onde é a casa do sujeito. Eu não paro de sentir vontade de dar meia volta e ir embora.

– Acho perda de tempo – opina Billy. – Cassandra descreveu uma casa como qualquer outra de East End. A proximidade com os jardins não ajuda muita coisa. Não existe outra referência que a gente possa usar.

– Aí que você se engana – interrompo. – Temos o gato. Stinky.

– E como você pretende usar o gato pra encontrar a casa certa? – pergunta Steph.

– Apenas observe – respondo, sorrindo.

Escolho uma casa aleatória e toco a campainha. Em menos de um minuto, uma asiática de inglês ridículo me atende.

– Em qual posso ajudar? – pergunta ela.

– Vocês têm um gato?

– Gato?

– Sim, um gato. Um gato cinza chamado Stinky.

– A gente não temos Stinky gato.

– Conhece alguém que tenha, na vizinhança?

– Não conhecer. Não conhecer… vizinhança.

– Ok, obrigada.

Parto pra casa ao lado. Não há campainha. Bato na porta e sou recebida por um sujeito com cara de árabe que me olha como se eu fosse uma elefanta voadora no meio de uma loja de cristais.

– Boa tarde! Desculpe incomodar, mas vocês, por acaso, perderam um gato grande e cinza chamado Stinky? – pergunto, estendendo a mão para cumprimentá-lo. Hesitante, ele corresponde e me dá tudo o que eu precisava: apenas um toque.

– Você é travesti? – pergunta o cara.

– Olha, na verdade, eu sou uma mulher transexual, há uma diferença...

Ele bate a porta na minha cara com um estrondo. Desgraçado. Que se dane, eu o toquei. Ele não conhece Stinky e nem o dono do gato.

Prossigo em minha busca por mais quinze minutos, sob o olhar entediado de Billy e o entortar de boca de Steph.

– A gente vai passar o dia todo aqui... – resmunga Billy.

– Vai pra casa, quem está te impedindo? – retruco. Mas eu sabia que ele não iria. Ele queria que eu estivesse certa para poder filmar tudo, fazer minha fama e ganhar dinheiro me agenciando. E, bem, eu precisava dele.

É na vigésima terceira casa que alguma luz se faz. Sou atendida por uma distinta senhora inglesa chamada Melanie que ou pensa que eu sou biologicamente mulher, ou percebe minha transexualidade e nem liga. Até chá com bolinhos me oferece. Aceito, não custa ser polida com quem é tão educada comigo. Além disso, eu preciso de uma oportunidade para tocá-la. Apesar de ter me tratado bem, ela nem encosta em mim. Britânica clássica, me cumprimenta com um aceno de cabeça e diz:

– Você disse que achou um gato, é isso? Bem, minha cara, East End é cheia de gatos.

– Ah, eu sei, eu sei, senhora. Mas é que esse tem uma coleirinha, sabe? E nela dá pra ler o nome: "Stinky".

— Como, querida? Você disse que está com Stinky?

Ops. Meu alarme interno soa. Eu preciso mesmo encontrar uma desculpa para tocá-la.

— Sim, eu encontrei um gato com esse nome na coleira, numa lata de lixo das imediações. Ele estava com a pata ferida, então achei melhor levá-lo pra casa, cuidar dele e procurar os donos depois — explico. Como eu era boa em inventar mentiras! Bem, eu também era escritora, não era? Ficcionistas são, acima de tudo, ótimos mentirosos.

— Fez bem, fez bem! Estou certa de que Sergey vai ficar feliz em reavê-lo.

— O nome do dono é Sergey? — pergunto, cravando as unhas no sofá. Eu tinha encontrado o sujeito!

— Sim, Sergey Tarasov. Um senhor russo muito distinto. Ele era um cientista. Astrônomo, ou algo assim... mas já se aposentou.

— Astrônomo?!

— Sim. Por que o espanto? — pergunta Melanie sorrindo, enquanto me serve mais chá.

— É que, nos últimos dias, a astronomia tem sido um assunto recorrente em minha vida…

— Bem, o senhor Tarasov mora em East End já há alguns anos. Um homem gentil e recluso. Fica em casa o dia inteiro, escrevendo. Meio biruta, vive falando sozinho na rua, mas é boa gente. Ele adora aquele gato.

Bingo, penso. E nem precisei tocá-la!

— E onde eu posso encontrar o senhor Tarasov? — pergunto.

— Oh, minha cara — responde Melanie. — Isso é fácil. Basta atravessar a rua. O senhor Tarasov mora, praticamente, na casa em frente à minha.

9

Na despedida, Melanie estende a mão e me cumprimenta. Acho que seria deselegante agradecer pela ajuda, tão gentilmente oferecida, dando a ela a informação de que em menos de cinco anos ela teria os primeiros sinais de Alzheimer. Nada havia a ser feito e ela é uma mulher agradável, essencialmente bondosa. Que tivesse seus próximos anos na felicidade que, às vezes, apenas a ignorância traz.

(Se é que ela existiria amanhã)

Conto tudo a Billy e Steph. Eu já esperava pelas objeções de minha namorada:

– Não é melhor chamarmos a polícia?

– A gente tem que fazer isso, mas depois de encontrar as crianças – respondo – Nenhum policial vai investigar nada a partir das visões de uma traveca.

– O que deu em você pra se referir a si mesma com esse tipo chulo de expressão? – pergunta Steph.

É porque ainda existe muito de George Becker em mim, querida, perdoe-me, penso. Mas o que respondo é:

– Estou apenas dizendo como os policiais irão se referir a mim.

– E o que você pretende? Invadir a casa? – pergunta Billy.

– Não exatamente – digo. – Você vai bater na porta dele e vai se identificar como estudante de astrofísica do Observatório Real. Vai pedir desculpas por aparecer assim, de repente, e dirá que o telefone dele parece estar com defeito. Você foi lá porque gostaria de convidá-lo para apresentar uma conferência no próximo congresso de pesquisas espaciais. Enquanto você o distrai, eu e Steph entramos pelos fundos.

– Eu?! – indigna-se Billy. – E por que *eu* tenho que abordar o psicopata??

– Porque você é homem, e gente assim tem mais cautela diante de homens. Além disso, o cara é estrangeiro e, que eu saiba, os russos costumam ter preconceito contra transexuais. Ele não irá me levar a sério.

– E você tirou esse roteiro perfeito da cartola? Assim, do nada? – pergunta Billy.

– Eu sou escritora, meu caro – respondo. – Eu tiro roteiros da cartola. *Abracadabra!*

O que eu parecia ignorar, ou ter esquecido, é que a vida real não é como nos livros. Nos livros, as personagens são obedientes, fazem o que os autores desejam. A vida real é um tantinho mais complicada...

10

Enquanto Billy tocava a campainha do número 93 da Devonport Street, eu e Steph nos esgueiramos pelos fundos como duas assaltantes, usando um acesso alternativo pela Havering Street. As casas são todas iguais, uma ao lado da outra, unidas pelos quintais sem muros tão característicos das casas em East End. Mas eu sabia qual era a casa de número 93 e, mesmo que não soubesse, seria impossível errar. No segundo andar, esparramado sobre o muro da varanda, lá está ele: Stinky, o gato gordo e cinzento.

Entrar na casa não devia ser difícil. Se me lembro bem das casas da região (brinquei bastante lá, quando era adolescente nesta vida), além da ausência de muros nos quintais, as portas laterais costumavam ficar trancadas, mas eram frágeis e fáceis de arrombar. Ninguém tinha medo de assaltos e invasões na Inglaterra desta minha vida. Não costumava haver reforços para as portas, nem para as principais, nem para as laterais. Isso facilitaria muito a minha vida (e também facilitava a vida de psicopatas sequestradores de crianças, pelo visto).

– Acho impossível que a porta lateral seja tão fácil de abrir – comenta Steph. – Por que ele facilitaria? Os meninos poderiam fugir.

– As crianças estão bem trancadas no sótão – argumento.

– Você tem certeza de que quer fazer isso? – pergunta Steph, com um olhar nebuloso.

– Tenho, querida – respondo, dando-lhe um beijo rápido e elétrico – Você não viu o que eu vi. Eu tenho certeza de que há quatro meninos presos aí dentro. E outros dois enterrados no porão.

– A gente devia chamar a polícia.

– Vamos chamar – prometo – Assim que soltarmos os meninos.

Checo a porta lateral e tenho que conter um gritinho de felicidade ao constatar que as coisas não haviam mudado desde que eu era (um rapaz bem afeminado) adolescente. Com um leve empurrão usando minha (até então detestada e injustiçada) musculatura masculina, a porta se abre. Mal entramos e o celular de Steph toca. Bem alto.

– Porra, porra! – sussurro. – Desliga essa merda, Steph!

– Desculpa, desculpa! É o Billy, Cassie! É o Billy! Acho melhor atender!

Antes que eu possa dizer qualquer coisa, Steph atende à ligação.

– Alô? – diz ela, sussurrando. – Sim, entendi. Bem, então acho melhor você nos encontrar aqui. Acesse a casa pelos fundos, venha pela Havering Street. Sim, sim, estamos dentro. A porta lateral está aberta.

– O que houve? – pergunto.

– Tarasov não está, Cassie. Billy tocou e ninguém atendeu e, então, o vizinho do lado disse que o russo saiu bem cedo e, até agora, não voltou e que dificilmente voltará antes das sete horas da noite.

– Melhor ainda!

Entramos na casa. Em menos de cinco minutos, Billy nos alcança.

– Você está filmando tudo com o e-Pad? – pergunta Steph.

– Estou fazendo melhor que isso – responde ele. – Estou transmitindo ao vivo para o *Alltube*. Se formos pegos, não vai adiantar nada o cara tomar meu e-Pad. Estamos ao vivo. Veja só, já temos dez mil visualizações. E mal começamos!

De fato, na janela do *Alltube*, havia o anúncio "Resgate ao vivo de meninos sequestrados em Devonport Street".

– Diga alô para seus fãs, Cassandra Johson – pede Billy,

apontando o e-Pad em minha direção.

Steph parece não gostar da ideia.

– Cassandra, é melhor que você esteja certa, caso contrário vão nos prender por invasão domiciliar! – diz ela.

– Que ironia que você tenha menos fé em sua namorada do que eu – ri Billy. – Eu vi o que Cassandra é capaz de fazer. Aposto minhas bolas que os meninos estão presos no sótão.

– Eles estão – respondo. Assumindo o ar de uma apresentadora de programa de TV, declaro para a câmera: – Meu nome é Cassandra Johnson e eu sou paranormal. Sim, eu sei que parece loucura, mas eu tive uma visão e descobri que há quatro meninos desaparecidos presos no sótão desta casa. Vamos subir até lá agora. Por favor, chamem a polícia, pressionem, peçam que ela venha para o endereço que eu vou digitar aqui.

Cinquenta mil visualizações. E subindo.

Corro para a escada, seguida por Steph e Billy. No segundo andar, Stinky nos espera, gordo, manhoso e ronronante. Tomo-o no colo e vejo que é um bom gato. Come comida vagabunda, mas é bem tratado pelo tal russo sociopata. Stinky ama Tarasov, posso ver isso. Ele se lembra dos meninos. Stinky não gosta dos meninos. Eles fedem a medo e não há razão para isso em sua felina opinião, afinal, Tarasov os alimentava, coçava atrás de suas orelhas, mas não dormia enrodilhado com eles. Esse papel cabia apenas a Stinky, o Senhor da Casa.

O sótão, é claro, está trancado. Billy avança e bate na porta.

– Ei, tem alguém aí? – pergunta ele.

Nenhuma resposta.

– Respondam! – insiste Billy.

Eu me adianto e peço com doçura na voz:

– Meninos, eu sei que vocês estão com medo, mas não somos amigos do homem mau. Viemos soltar vocês. Alguém poderia falar com a gente, por favor?

Sem resposta. Mas eu jurava ter escutado algo. O som de algo caminhando, muito ao longe.

— Ratos — prageja Steph — Não tem ninguém aí, posso apostar que são umas drogas de ratos, e nós estamos fodid...

Um som ritmado, um batuque. Ratos não batucam com ritmo. Tum tum tum. Pausa. Tum tum tum. Pausa. Tum tum tum.

— É um dos meninos! Vamos arrombar essa porra de porta! – digo.

— Você não tem cert... — Steph tenta me interromper.

— São eles! — grito de volta. — Por alguma razão, eles não podem falar! Devem estar amordaçados, Stephanie! A gente precisa arrombar esta merda de por...

Um estrondo nos interrompe. Billy fez o que era preciso. Era mais forte do que eu pensava. Acho que até eu teria dificuldade pra arrombar aquela porta. Ela era decididamente mais sólida do que a da entrada lateral da casa.

Subimos, procuramos por algum interruptor e, sem dificuldade, o encontramos. Entretanto, nenhuma luz se faz. Ou a lâmpada tinha queimado, ou Tarasov a tinha retirado. Steph pega o celular e liga a função "lanterna", sendo sucedida por Billy, que aciona a luz do e-Pad para melhor filmar. O sótão parece limpo e arrumado, com algumas caixas, colchões arrumados em estilo militar...

...e, no canto direito da sala, espremidos contra a parede, quatro meninos amarrados e amordaçados, completamente despidos. O mais velho parece ter uns doze anos.

— Puta que pariu! — exclama Billy, quase rindo. Rindo de quê? Só podia ser de nervoso. Aquela merda era hedionda e me deixou gelada.

— Vamos soltar eles! — grita Steph. — Billy, ligue pra polícia!

— Só um minuto — pede ele. — Vamos filmar vocês soltando.

— Pare de filmar os meninos!!! — grito. — Eles estão pelados, porra! Você não tem decência?

– Mas é um resg...

– Foda-se! Steph, solte os dois da esquerda, eu vou soltar os dois da direita.

Enquanto eu e Steph soltamos as crianças, Billy me desobedece e continua filmando. Eu quero socá-lo no meio da fuça, mas é premente soltar os meninos. Sabe-se lá há quanto tempo estão amarrados. A situação é humilhante, desumana. Eles haviam urinado no chão. Enquanto eu desato os nós de um deles, o roçar elétrico de nossas peles me dá tudo o que eu preciso saber: o terror ao perceber que tinham sido enganados. Aquele homem grande não era amigo da família, conforme alegara. O medo de morrer. Não havia indício psíquico de abuso sexual. Menos mal. Livre da mordaça, um dos garotos se põe a chorar convulsivamente e me abraça.

– Qual seu nome, guri? – pergunta Billy.

– Stephen – digo – O nome dele é Stephen, ele mora no número 34 da White Horse Road, não longe daqui. Sua mãe faz uma excelente torta de maçã. Pelo amor de Deus, se alguém estiver nos assistindo, chame a polícia! Encontramos quatro garotos sequestrados!

Ponho-me a desamarrar o outro garoto, mas esse, diferente de Stephen, está anormalmente calmo. Limita-se a me olhar com estranheza. Ele me toca e recebo as imagens psíquicas do garoto. Não entendo direito o que vejo, mas não consigo deixar de ter uma sensação de familiaridade. Assim que consegue falar, a primeira coisa que ele me pergunta não é meu nome, nem quem eu sou. O que ele pergunta é:

– Você é uma mulher transexual?

– Sou – respondo, confusa. Essa não deveria ser a primeira curiosidade de uma pessoa, mesmo uma criança, ao ser libertada do cativeiro de um psicopata.

– Bem, isso é mesmo interessante – responde o menino. – Tudo é bem mais esquisito agora. Transexuais existem, dessa vez.

– Quando o cara te sequestrou? – pergunto, sem entender direito o que o garoto está dizendo.

– Não estou certo – responde ele. – Ainda estou tentando lembrar. Eu acordei aqui, sabe? As coisas não eram assim ontem, embora também não fossem muito melhores... Mas não adianta te contar, você não acreditaria em mim. Nem eu sei o que está acontecendo.

E ele ri. Um riso adulto em um menino com olhar adulto. Eu me arrepio inteira.

Estendo a mão e toco seu rosto com gentileza, abrindo as comportas das lembranças compartilhadas.

– Cassie, o que você está fazendo? Precisamos sair daqui, agora! – grita Steph.

– Só um instante, eu preciso ver uma coisa – peço, enquanto me concentro no garoto.

E eu vejo.

Vejo um menino que corre, empinando uma pipa em Albert Gardens. Seu nome é Justin. Mas ele também serve as pessoas num restaurante francês. Seu nome é Gabriel. Justin adora xadrez. Joga muito bem, tendo vencido algumas competições escolares. Coleciona medalhas. Gabriel, em compensação, nem sabe o que é xadrez, mas conhece tudo sobre vinhos e, embora seja proibido de bebê-los, o faz escondido.

– Gabriel? – pergunto, sentindo as lágrimas rolarem de meus olhos, incontinentes. – Gabriel, é você?

O menino arregala os olhos.

– Você me conhece?

– Gabriel, sou eu, George! George Becker! Oh, meu Deus do céu, eu não sou a única, eu não estou ficando louca!

– Senhor Becker? É realmente o senhor? O senhor tomou um vinho no *Chat Noir* ontem, com sua irmã, a senhora Elza. E me tratou com tanta gentileza, fiquei comovido...

Enquanto conversamos, Stephanie e Billy nos olham com as bocas abertas e uma expressão apalermada.

– Que maluquice é essa? – pergunta Billy.

– Algo que você não entenderia – respondo, chorando – Nem eu mesma entendo.

– Seja o que for, é melhor você se controlar e sairmos logo daqui – pede Steph.

E é o que fazemos. Descemos as escadas com cuidado, fazendo uma pequena parada no segundo andar, para pegar algumas toalhas e cobertas e, assim, cobrirmos a nudez dos garotos.

– Esse cara fez algum mal a vocês? – pergunta Steph.

– Ele não fez nada – responde Justin/Gabriel, o único que conseguia falar. Os outros, apenas choram. – Ele nos alimenta, penteia nossos cabelos, nos deixa amarrados a tarde inteira e retorna à noite, quando, então, nos dá mais comida e insiste para que brinquemos de lego com ele.

– Mas o cara deixou vocês pelados! – diz Billy.

– Pois é, mas nunca tocou na gente. Só chora, diz que o mundo entortou, que, nessa vida, os filhos dele estão mortos e fica alisando nossos cabelos. Eu tentei explicar pra ele que sabia do que ele estava falando, mas ele não me escutava.

Steph e Billy o olham como se o garoto fosse doido. Da minha parte, eu entendo muito bem o que ele está passando. Se nossos processos forem semelhantes, Gabriel, pouco a pouco, se esquece de sua vida pregressa como garçom judeu e se lembra de sua existência atual como menino inglês sequestrado.

Eu não sou e nem estou louca.

– Quantas pessoas estão nos assistindo? – pergunto.

– Você não vai acreditar, mas, neste momento, há mais de um milhão de pessoas do mundo inteiro em nosso canal no *Alltube*. Estamos bombando! A polícia deve chegar daqui a pouco – responde Billy.

– Aponte pra mim – ordeno, enquanto descíamos as escadas

rumo ao primeiro andar.

– O quê?

– Apenas faça.

Billy aponta o e-Pad na minha direção, e eu desembesto a falar:

– Deve existir mais alguém em minha situação. Alguns de vocês devem ter acordado hoje, dia 14 de janeiro de 2015, descobrindo que estavam em uma realidade diferente. Vocês se lembram de quem eram até ontem, mas acham que estão ficando loucos. A realidade vai mudar mais uma vez, quando vocês dormirem esta noite. Escrevam, escrevam quem vocês são, durmam abraçados a esses papéis. Amanhã, ao despertarem em uma nova vida, essas anotações irão com vocês. Procurem outros como vocês. Procurem...

– Mas que merda é essa, você ficou maluca? – diz Billy, desviando o e-Pad. – Como alguém vai nos levar a sério, se você fica falando essas pirações, sua doida? Vão achar que estamos representando uma peça!

Stephanie se posiciona diante de mim, cortando meu caminho.

– Cassie, o que está acontecendo, afinal?

– Eu te conto tudo assim que sairmos daqui – respondo, séria.

Mas, talvez, eu não tivesse a oportunidade.

Assim que escapamos pela porta lateral, Stephanie é agarrada por um homem enorme e forte, que aguardava no quintal. O homem empurra Steph para dentro com toda força e fecha a porta com um estrondo. Minha namorada cai, soltando um "uff" seco, e se agarra às minhas pernas. Os meninos gritam e se encolhem, exceto Justin/Gabriel, que parece encarar a tudo com curiosidade.

O homem só pode ser o russo. O tal Sergey Tarasov. Ele é forte pra cacete.

– Quem são vocês? – pergunta ele, tão calmo quanto um psicopata pode ser, ao ver invasores em seu ninho do terror.

– É melhor não tentar nada, estamos filmando – ameaça Billy. – Diga olá para o mundo!

– Quem. São. Vocês? – repete ele, mais frio que a Mãe Rússia.

– Você sequestrou esses meninos, estamos soltando eles – anuncio, enquanto vasculho discretamente o meu entorno, em busca de algo pesado que possa ser atirado na cabeça de Tarasov, caso ele tente alguma graça.

– Você pretendia matá-los? – pergunta Billy, como se fosse o entrevistador de um reality show bizarro.

– Matá-los? – espanta-se Tarasov. – Eu os estou protegendo do mundo que muda! – e, dizendo isso, avança na direção das crianças.

Em minha defesa, posso dizer que meus atos seguintes foram um reflexo. Puro impulso. Não sei dizer ao certo se nesta vida eu sou uma transexual muito corajosa, ou se são resquícios de minha existência como George Becker. O fato é que eu, subitamente, me atiro na frente dos meninos, assim que Tarasov vai na direção deles. Furioso, o russo me empurra com força. Suas mãos nuas tocam meus ombros (largos, masculinos, odiosos) nus, e basta isso para que sua mente se abra para mim. Com o clarão em minha mente, eu desabo pra trás. Sabem como é, quanto mais alta a pessoa, maior é o tombo.

Caio bem em cima de Billy e a eletricidade flui, descontrolada.

Billy, apelido de William Doherty, sobrenome alterado do original irlandês, Ó Dochartaigh, terceiro filho de Sean e Heloise. Billy tem um gatinho. Billy esfola o gatinho. Billy gosta de brincar com facas.

Quanta coisa se pode saber de uma pessoa apenas por cair em cima dela, não é mesmo? Dou-me conta, neste momento tão íntimo, que eu e Billy nunca tínhamos nos tocado. Jamais. Ele me evitava como se eu fosse portadora da peste. E, agora, eu entendo o porquê.

As coisas mais secretas são as primeiras a transbordar, ecoa a voz de Guy em minha mente, enquanto um big bang de informações irrompe no torvelinho paranormal das visões.

Billy sabe que tem que ser discreto. Billy vai à caça. Billy treinou bastante com os gatinhos.

Daí em diante, é difícil descrever com detalhes. Apenas uma palavra seria capaz de sintetizar tudo o que acontece: caos. Caos puro e simples.

11

Tarasov corre atrás das crianças pela casa, aos prantos. Os meninos, novamente nus após as toalhas terem caído ao chão, correm berrando pelo número 93 da Devonport Street. Todos correm, exceto Justin/Gabriel, que permanece parado, olhando-nos com uma expressão de apalermada curiosidade.

Stephanie tenta se recompor, murmurando *merda, oh que merda*, ao se deparar com o e-Pad estilhaçado de Billy. Quanto a Billy, ele não tem a menor hesitação ao sacar um canivete do bolso e enterrar a lâmina bem fundo em minha garganta. Um gosto intensamente metálico, algo ferruginoso, sobe até minha língua. É como se eu chupasse um monte de pregos.

Veja você que ironia: Tarasov não é exatamente um sociopata. É um homem profundamente doente, é claro, ninguém que sequestra meninos e os mantêm nus e amordaçados em um sótão pode ser classificado como "normal". Mas ele, justiça seja feita, nunca matou criança alguma. Os dois meninos enterrados no porão eram filhos dele, gêmeos, moravam com ele desde que a mãe morrera, em 2003. As crianças também haviam morrido em um acidente imbecil. O pai enterrara seus restos mortais no porão da nova casa e, desde então, passara a arrebatar meninos "para protegê-los de acidentes e do mundo bizarro que muda", mantendo-os trancafiados no sótão. Tudo isso eu soube com apenas um toque, no momento em que fui empurrada.

William "Billy" Doherty era um caso bem diferente. Ele estupra e mata mulheres com aquele canivete que me enfiou na garganta, desde… porra, desde 2007. Era meticuloso, cuidadoso e esperto o suficiente para não deixar pistas. Não tinha pressa, nem era o que poderíamos chamar de um homem tomado por furiosos desejos. Os apetites de Billy eram comedidos, como os de alguém que sabe que está além de seu alcance jantar toda semana num restaurante caro e que economiza bastante por um ano, para poder oferecer tal regalia a si mesmo, como... bem, como um evento comemorativo. Uma mulher por ano lhe bastava e sempre na lua cheia de novembro, mês de seu aniversário.

Eu, pelo visto, havia me convertido em desesperada exceção. Primeiro, porque estávamos no infinito 14 de janeiro e não na lua cheia de novembro. Segundo, porque não havia nada de comedido e nem de meticuloso nas canivetadas que Billy desferia contra meu corpo: uma vez, na garganta; duas, em meu seio direito...

O silicone foi caríssimo, seu filho de uma puta!

...uma estocada no baixo ventre. Curiosamente, não há dor. Estou chocada e querendo gritar, mas há sangue demais saindo de minha boca, e tudo o que eu consigo emitir é:

– Grlhhhhh!

– CASSIE! Billy, pare! Pare agora! – pede Steph.

– Oh não, não se aproxime, amiguinha – diz ele, com aquele sorriso repugnante de dentes amarelos – Fique bem quietinha onde está, daqui a pouco eu cuido de você, tenha paciência.

Steph pega uma panela bem grande e pesada. Pobre Steph, a panela não adiantaria nada contra um homem do tamanho de Billy.

– Você não vai escapar dessa, seu escroto! Cassie, aguente firme!

– Grllllhh! – respondo.

– O e-Pad quebrou, Stephanie, não estamos sendo mais filmados. Uma pena que vocês duas tenham sido mortas, junto com os meninos, pelo russo maluco. Não vou me incomodar em ser o herói do pedaço, depois de rasgar a garganta de Tarasov.

– Meninos! Voltem! Papai os ama! – berra o russo no segundo andar.

– Por que você está fazendo isso, Billy? Éramos amigos! – diz Steph.

– Ah, mas eu não gostaria de ter feito isso, não mesmo. Nunca precisaria ter feito isso, se a porra da sua namorada-aberração não tivesse encostado em mim. Só que não posso deixar que ela conte o que viu, e sabemos o quão linguaruda é Cassandra Johnson.

E, dizendo isso, dá uma nova canivetada, desta vez em meu umbigo.

– PARE! – grita Steph, aos prantos.

– Grllhh!!! – respondo, mas o que eu queria dizer era *corra!*

– Calma, já acabo com ela e logo, logo vai ser a sua v… AHHH!

Estou tonta, tudo ao meu redor parece girar e escurecer. Me esforço bastante para manter a consciência, mas é difícil. As coisas vão e voltam e – não ria! – eu só consigo pensar na merda de ter vivido duas vidas sem nunca conseguir transar com ninguém, mesmo tendo duas namoradas tão gostosas. E, agora, eu ia morrer, é claro que morreria. Eu só não consigo entender por que Billy está gritando tanto, até que, virando-me de lado, vejo Justin/Gabriel com uma faca de cozinha enorme na mão, lavada em sangue. O sangue de Billy. O menino havia rasgado a lombar de Billy, de um lado ao outro.

– Você não devia fazer isso com o senhor Becker, ele é um homem bom. Ele me ofereceu uma taça de vinho, ninguém fez isso antes – declara, solene, Justin/Gabriel.

– Crianças! Papai ama vocês! – grita Tarasov.

Tudo gira ao meu redor e eu mal consigo manter a concentração. Sinto as mãos de Stephanie segurando minha cabeça e várias imagens psíquicas dela me assaltam, todas de profundo amor por mim. Billy geme e pede socorro em algum canto da cozinha. Ao fundo, bem ao fundo, ouço as sirenes dos carros da polícia. A audiência havia feito seu trabalho, pelo visto. Bendito seja o *Alltube*, Deus seja louvado.

Enquanto tudo se torna escuro e calmo e frio, eu vejo Stinky, o gato, parado na porta da cozinha, olhando-nos com curiosidade. Deve ser o cheiro de sangue. Gatos adoram cheiro de sangue. Carne crua é sempre mais gostosa do que ração vagabunda, e quem neste mundo há de dizer que não?

12

Acordo no hospital, fraca como nunca havia me sentido. É surpreendente que eu ainda esteja viva, considerando a quantidade de punhaladas e a torrente de sangue que deixara meu corpo. Stephanie está ao meu lado e parece ter envelhecido dez anos. Eu quero consolá-la, mas não consigo dizer uma só palavra.

– Você acordou! – diz ela, com um sorriso triste – Não tente dizer nada, o filho da puta do Billy fez um estrago em sua garganta. Ele foi preso, Tarasov também foi preso e as crianças voltaram pra casa. Todas, até aquele menino esquisito, o Justin, o que nos salvou. Graças a ele e a você, meu amor, vai ficar tudo bem. Vai ficar tudo bem, Cassie.

Não, não vai, eu quero dizer, mas não consigo. E não é porque eu me sinto mal, pois não me sinto. Não há dor alguma, para ser bem honesta. Provavelmente, os médicos haviam me enchido de morfina. O problema é que, enquanto me acariciava, imagens psíquicas de Stephanie me assaltavam: ela de pé, chorando diante de um túmulo. O meu túmulo. Eu vou morrer, e um lado meu dizia que isso, talvez, seja bom. Tudo aquilo acabaria, seria o fim daquele *looping* eterno num 14 de janeiro de infinitos mundos. Mas há outro lado, um lado teimoso e algo medroso, que prefere ficar vivo.

Com um sinal, peço lápis e papel a Steph. Ela rapidamente me atende.

Eu vou morrer, escrevo numa folha. Ela me olha, chocada.

– Não, não vai!

Sim, eu vou. Talvez, você possa me salvar, meu amor. Que horas são?

– Mas que diferença faz que horas são? São 22h47!

Eu preciso que você me dê um remédio para dormir. Algum bem forte, que me derrube. Eu preciso dormir antes da virada para o dia 15, escrevo.

– Eu não posso te dar um remédio pra dormir, Cassandra! –

responde Steph. – Eu não sei como isso vai reagir em seu corpo, você está muito debilitada, e... pare de me olhar com essa cara! Ai, meu Deus, bem, a gente pode perguntar ao médico...

Sem médicos. Steph, acredite no que estou dizendo. Eu vou morrer, se não dormir. Eu te amo, não me deixe morrer, escrevo, já me sentindo mais fraca do que antes. Era a pressão, baixando.

– Está bem, está bem. Que merda, Cassandra, eu não estou entendendo nada! Tudo com você tem que ser sempre tão esquisito! – diz Steph, enquanto remexe na bolsa à procura do celular. – Bem, eu sabia onde estava me metendo quando me apaixonei por uma transexual paranormal. Eu acho que não vou conseguir nada com os médicos, mas sei onde arranjar rapidinho uma boa dose de sonífero. Mais alguma coisa?

Sim, escrevo. *Stephanie, em breve você vai se ver em uma fila diante de uma cachoeira. NÃO MERGULHE NELA. Me procure na fila. Corra junto comigo.*

– Cassandra Johnson, quando você estiver fora de perigo, a gente vai precisar ter uma conversa séria – diz Steph, antes de sair em busca de algo capaz de me fazer dormir.

Em menos de vinte minutos, ela retorna. Já passam das onze. Eu só preciso me manter viva até perto da meia-noite. E, então, dormir. Dormir o mais rápido que puder, para que o mundo seja reiniciado e eu possa existir novamente.

Faltam vinte minutos para a meia-noite quando eu tomo o remédio. Nem sei o que Steph me deu, mas é forte. Estou fraca e confusa, minha visão está embaçada e o rosto de Steph flutua à minha frente, intercalando-se com luzes brancas cada vez mais intensas. Às 23h55, eu sinto que vou apagar e Steph segura minha mão esquerda com força. A visão de uma cachoeira luminosa substitui a visão de meu enterro. Estou salva. Bem, mais ou menos. Cassandra Johson deixará de existir, isso é inevitável, mesmo que eu não morra. Contudo, de uma forma ou de outra, ela será mantida viva nas lembranças de meu eu futuro, seja lá qual for esse "eu".

A luz branca vai ficando cada vez mais brilhante, até que eu me vejo de pé, confusa, diante de um jato de fogo que desaba do céu. Tal qual uma cachoeira, o fogo se derrama e a tudo renova. *Ignis natura*, penso em delírio. *Ignis natura renovatur integra*.

zero

– Foi por pouco, não é mesmo?

Surpresa, olho para trás e vejo que há uma silhueta luminosa e brilhante atrás de mim. É uma pessoa, isso está nítido pela forma, mas eu não consigo distinguir os traços de seu rosto. Talvez, seja a intuição a me guiar, pois eu sorrio (embora tenha quase certeza de que meu sorriso é igualmente brilhante e indistinto) e pergunto:

– Gabriel?

– Sim, acho que sim. Ou Justin. Não tenho certeza. Tá tudo misturado.

– Sou eu, Cassandra. Ou George. Talvez ambos.

– Eu não entendo – diz a silhueta – Como uma pessoa pode ser duas?

– Eu diria que mais do que duas, meu amigo – respondo – Estamos na fila?

– Sim, a fila pro banho de cachoeira.

– Lethes.

– Sim, acho que o nome é esse. Lethes.

– Você se lembra de já ter estado aqui? – pergunto.

– Uma vez, pelo menos – responde ele – Lembro-me de ter visto alguém correndo, fugindo do banho. Não sei por que, corri atrás. Então, acordei no sótão daquela casa, amarrado, no corpo de um menino.

Eu contaminei outros, penso. E, então, uma ideia muito louca transborda em mim. Talvez, eu estivesse no caminho certo, talvez funcionasse. Gritei:

– STEPHANIE? STEPHANIE HERRMANN, VOCÊ ESTÁ AQUI?

— Não grite, é proibido! — responde a voz da silhueta à minha frente, em tom de repreensão — Se ela te ouvir gritar, você está em apuros.

— Quem é ela? Foda-se ela — retruco — STEPHANIE! SE VOCÊ ESTÁ ME OUVINDO, NÃO MERGULHE NA CACHOEIRA! CORRA PRA LONGE, BEM LONGE!

Em algum lugar, uma sirene começa a tocar.

— Está vendo o que você fez, porra? — diz a silhueta à minha frente — Agora, você vai ter que se ver com ela!

— Pois que venha! — respondo.

— Cassie? Cassie, onde você está? — chama uma voz, proveniente de algum canto que eu não consigo distinguir.

— Stephanie? Steph, é você?

— Sim, sou eu. Onde estamos? — pergunta ela.

— Steph, eu estava certa. Eu sabia que estava certa.

— Mas que merda é essa? Eu tô sonhando?

— Steph, não é um sonho, é real. Fuja da cachoeira, ela é perigosa. Fuja e me encontre no próximo mundo.

— Mundo? Que mundo?

— Escute, Steph: você vai acordar confusa, sem saber onde está. Me procure, Stephanie. Nem que pra isso você precise usar a internet, ou o que quer que exista dessa vez. Anuncie que procura por Cassandra Johnson. Eu não serei mais eu, mas ainda existirei, entende? Você também não será você, mas...

— Cassie, fale mais devagar! Eu não estou entendendo porra nenhuma e estou apavorada. Onde estamos?

— Olá, senhorita Stephanie, sou eu, o menino que vocês salvaram — diz Justin/Gabriel, atrás de mim.

— Hein? Cassandra, o que está acontecendo? — pergunta Steph.

— Psssiu, fale mais baixo, você ouve a sirene? Ela está chegando — digo.

– "Ela" quem? Quem é "ela"?

– Nem eu saberia dizer, Steph. Quando eu disser "já", trate de correr. Gabriel, Justin, ou seja lá quem você for, você também precisa correr, se puder. Está na hora de criarmos uma revolução. Uma revolução nas realidades. Se vários se lembrarem, talvez a gente consiga escapar.

– Escapar do quê, Cassandra? – pergunta Steph.

– Da data infinita. Da data que nunca muda. E, então, eu vou te pedir em casamento, Steph. Eu adoraria ter me casado com você em nossa última vida.

Ela me dá as mãos, mãos diáfanas e luminosas. Nós nos tocamos, e é como se um vento forte passasse entre nós.

– Bem, isso seria ótimo – ri Steph. – Cassandra Herrmann-Johnson é um nome que soa muito bem.

– Madames, perdão, mas acho que deveríamos correr agora. Ela está chegando, eu posso sentir nos ossos, mesmo não tendo mais ossos – diz Justin/Gabriel.

A sirene dá lugar a um ronco crescente, como o de um debulhador de trigo avançando pelo campo. A cachoeira cospe fogo e é mesmo linda. Tão linda, que dá vontade de correr na direção dela e lá dentro se atirar. Talvez, fosse mesmo o melhor a fazer. Não negarei que a ideia passa pela minha cabeça. Só que, em vez disso, eu seguro a mão luminosa de Steph de um lado, a de Justin/Gabriel do outro, e grito *CORRAM!*

– Pra onde? – pergunta Steph. E a questão é essa: só faz sentido correr se for pra lugar nenhum, direção nenhuma, contanto que tudo isso signifique "longe da cachoeira".

– Pra longe! Corram! – respondo.

E, então, corremos como doidos. Enquanto corremos eu peço, antes de uma explosão branca nos arrebatar:

– Não esqueçam! Procurem-me na internet!

1

**Wicklow,
14 de janeiro de 2015.**

Mal desperto e de cara já sei que me meti em uma fria espetacular: estou no meio de um casal. Ambos dormem e, pela altura do ronco, estão no sétimo sono.

Não sei quanto a você, mas eu não estou acostumada a despertar no meio de um ménage com desconhecidos. Já ouvi histórias sobre isso em minha última vida. Coisa comum em Londres: a maioria dos meus amigos quase sempre acordava com amnésia e sem roupa ao lado de um ou mais estranhos após noitadas regadas a drogas em boates. Mas não eu; definitivamente, não eu. Quando eu era Cassandra Johnson, há alguns minutos, eu era uma transexual de família e a ideia de dividir Stephanie com outros me dava um friozinho ruim na barriga que nada tinha a ver com excitação sexual.

Desta vez, sou mulher e adoro a novidade. Quando eu era Cassandra, sempre quis ser biologicamente mulher com tudo o que vem no pacote, inclusive as coisas consideradas "indesejáveis". Menstruar, por exemplo. Minhas amigas, em geral, odiavam, mas eu morria de inveja. Há um poder secreto, insólito, na menstruação. Não tenho provas empíricas disso, mas suspeito e lembro-me de como, em quase todas as realidades, diferentes religiões têm algum tipo de interpretação simbólica para as regras menstruais. Como Cassandra, eu nunca poderia menstruar. Acreditem, eu trocaria o poder de fazer xixi em pé pela magia feminina do sangue. Troco praticidade por simbolismo sem pestanejar. Pois bem, desejo atendido.

O casal ronca, parecem uns animais. Stephanie dormia como um recém-nascido, vou sentir saudades. Ou talvez não. Afinal, ela fugiu da cachoeira de Lethes, junto a mim e Gabriel/Justin. Onde quer que ela acorde, considerando que não se banhou nas águas da amnésia, ela recordará de sua vida anterior e há de me procurar.

Espero que tenha retornado tão bonita e lésbica quanto era. Talvez, eu esteja pedindo demais. De um modo ou de outro, encontrar Stephanie e Gabriel/Justin seria maravilhoso, a prova definitiva de que eu tenho razão e algo — ou alguém — muda a realidade todos os dias, mantendo-nos num 14 de janeiro de 2015 infinito.

Sempre o mesmo dia.

Nunca o mesmo dia.

Levanto e, sorrateira, me esgueiro na direção da porta. O relógio digital me diz que são 4:15 da manhã. Sou uma menina madrugadora, apesar de dada a surubas. Merda, porta trancada. Há um banheiro conectado ao quarto, e é lá que irei me enfiar. Vai ser impossível voltar a dormir. Nem que a vaca tussa eu vou deitar no meio de um casal de depravados. São até bonitinhos, mas eu sou anglicana demais pra isso. Digo: Cassandra é.

Sento na privada e fico sem fazer nada, me admirando no espelho à meia luz. Eu sou tão bonitinha! Não sou alta, vou sentir falta disso, mas, de resto, tudo em mim é tão… ajeitado! Seios do tamanho ideal, não muito grandes, mas bem firmes. Cabelos lisos, castanhos, olhos cor de mel, um rostinho tão feminino, pele clara. E as sardas, então? O arremate final do artista que me desenhou foram essas sardas lindas. Também adorei minha camisola. Quantos anos eu tenho? Chuto uns dezenove. Vinte, no máximo.

— Cynthia?

Ai, meu Deus, a mulher acordou.

— Cynthia, você está no banheiro, querida?

E se ela quiser transar? Bem, não seria nada mau, ela é bastante bonita. Só que eu não quero fazer sexo com um — eca! — homem. Não, não quero. Homem, não!

— Cynthia, responda!

— Eu estou aqui, tá tudo bem, só vim fazer xixi! — respondo. Que língua é essa?

Irlandês, informa a lembrança dentro de mim. A agência cósmica de turismo havia poupado esforço desta vez. Se eu tiver dinheiro, posso até visitar a casa onde morei na Londres da vida passada.

– Você não está inventando arte, está? – pergunta a moça.

– Quê?! Não, eu... eu só estou fazendo xixi!

Passos. Alguém para em frente à porta. Só pode ser a mulher.

– Já terminou? Abra a porta, Cynthia.

Faço como ela me pede e dou de cara com um mulherão parado em frente ao banheiro, só de calcinhas. Que seios maravilhosos! Eu poderia ficar o dia inteiro olhando aqueles peitos. Sempre fui monogâmica, mas, se aquela mulher me agarrasse ali mesmo, Stephanie teria que me desculpar.

– O que foi? Estou pintada de azul, ou algo assim? – pergunta a mulher, ao perceber a fixidez de meu olhar.

– Desculpe... – murmuro – É que eles são tão bonitos – e, dizendo-o, aponto pros peitos dela.

Ela ri.

– Os seus também são, querida – e, dizendo-o, beija meu rosto com ternura. Sinto um calor subindo da minha virilha. Tivesse eu um pinto, como em minha vida como Cassandra, haveria de ter experimentado uma ereção imediata. Mas meus seios (naturais) respondem conforme era devido, ficando empinadinhos.

Não sei se ela percebe que eu estou com tesão, mas, se percebe, não liga. Limita-se a me olhar com estranheza e, então, pergunta:

– Cynthia, está tudo bem? Você está com uma cara estranha...

– Tá tudo bem, sim – minto – Só tive um sonho estranho.

– Vamos voltar pra cama? – sugere ela.

– Vamos.

E voltamos.

Deitamos, mas eu não consigo pregar os olhos. O cheiro da moça é delicioso. Não é um cheiro de perfume, mas de algum xampu que ela usa. Abraço-a pelas costas e ficamos de conchinha, eu roçando minhas coxas nas dela. Ela ri.

– Como estamos carinhosas hoje… – sussurra a moça.

Eu rio. Que cheiro! Ela é irresistível! Talvez, dê pra dar uma rapidinha, sem acordar o homem. Mas de jeito nenhum que eu deixaria um homem me penetrar!

– Tem problema se eu ficar assim com você? – pergunto.

– Problema nenhum, querida, claro que não – responde ela, me deixando louca, como se eu tivesse uma fogueira no meio das pernas – Só fale mais baixo pra não acordar seu pai.

Meu *o quê?*

Esta, meus caros, é uma das piores coisas que podem acontecer quando sua consciência migra de realidade a cada despertar: descobrir que a gostosa em sua cama é a sua mãe.

Ninguém merece.

2

Foi difícil, mas terminei respeitando o fato de que aquela gostosa era mamãe, e terminei adormecendo. Pouco depois, terminei acordando, novamente, com o despertador a estrilar às nove horas da manhã. O homem, que pelo visto é meu pai, está de pé, com cara de poucos amigos. Eu também seria pouco amigável se um filho meu se enfiasse entre mim e minha mulher durante a noite. Cynthia é, provavelmente, uma adolescente mimada. Teria medo de dormir sozinha? Medo de fantasmas? Do escuro? A ideia de ter renascido como uma idiota medrosa me apavora.

– Eu deveria me arrumar pra ir pra escola? – pergunto. Jogar verde era uma boa forma de tentar colher maduro.

Meu novo papai ri com sarcasmo e responde sem nem mesmo se virar para mim. Continua a pentear os cabelos, olhando-se no espelho.

– Não se faça de sonsa, mocinha. Você sabe muito bem que está de castigo. Já falei com a direção. Você não vai pra escola essa semana toda. E, se as coisas não se resolverem, não irá nem na próxima.

– Nem na próxima? – pergunto.

– Se for necessário, vamos contratar professores particulares e você vai ficar nesse sistema de educação doméstica até tudo se resolver.

Ai, graças a Deus, penso. Mas não seria esperto demonstrar que eu tinha ficado feliz com a ideia de não sair de casa. Tudo o que eu preciso é de tranquilidade e internet para tentar descobrir se Stephanie e Gabriel/Justin tinham acordado lembrando-se de quem foram. E há, também, a oportunidade de, pela primeira vez em muito tempo, não me ver numa situação patética de interagir com as pessoas fazendo de conta que as conheço. Eu terei tempo para me lembrar de como é ser Cynthia. É preciso jogar o jogo, e eu sou esperta o suficiente para, ao invés de comemorar o que deveria ser lamentado, fazer de conta que estou chateada.

– "De castigo" – resmungo. – Uma mulher da minha idade...

– "Mulher"? – retruca meu pai. – Vai sonhando, Cynthia. Com dezesseis anos, você ainda está a alguns anos de distância de poder ser chamada de "mulher". Não me venha com esse discursinho, garota.

Dezesseis anos. Porra, tão novinha?

– Querido, pegue leve – diz minha mamãe gostosa – Você não se lembra de como é ser adolescente?

– Lembro perfeitamente! – responde ele – Queria eu que meus pais tivessem sido mais duros e me posto de castigo quando mereci.

– Não teríamos nos conhecido – diz ela, rindo.

– Nós tivemos sorte – interrompe ele, antes que ela continue – Você teve sorte. E se eu fosse um cafajeste? Mesmo assim, você já tinha dezenove anos. Dezenove anos é bem diferente de dezesseis. Quando se é adolescente, a diferença entre poucos anos é imensa.

– Tudo bem, tudo bem, eu fico em casa – digo, falsificando um tom de frustração – Acho até bom, tenho que fazer muita pesquisa escolar e vai ser bom ficar trancada, acessando a internet.

– Acessando o quê, querida? – pergunta mamãe.

– A internet... – respondo, com o tradicional frio na barriga de quem imagina ter falado merda.

– Ela deve estar se referindo à globalnet – interrompe papai – Essa garotada inventa uma gíria diferente por dia.

– Está bem, meu amor, mas aproveite mesmo pra estudar. Nada de ficar de bate papo no Friendbook, aquilo é só procrastinação – pede mamãe.

– Só não esqueça que, depois do almoço, sua mãe vai passar aqui pra te levar na psiquiatra. Esteja pronta às 13:30 – diz papai.

– Psiquiatra?

– Sim, hoje é quarta-feira, esqueceu? Dia de sua psiquiatra – responde mamãe.

Ok, é normal que uma adolescente – pelo visto meio rebelde, já que mereceu ficar de castigo – precise de um psicólogo. Mas psiquiatra? Enfim, não sei o que Cynthia – eu – andou aprontando, só espero que não tenha sido algo muito terrível, como drogas. Detesto drogas. E continuarei detestando até que outra identidade se apodere de minha consciência.

Espero que a nova identidade não seja a de uma maconheirazinha de merda.

3

Sozinha, enfim! Aleluia! O computador é esquisito, parece uma carroça se comparado ao que me lembro de minhas outras vidas, mas parece funcionar. A conexão é mais lenta do que a de minha vida como Cassandra Johnson. Acreditem se quiser, mas a internet desta realidade funciona a partir de conexão discada em pleno 2015. Tenho certeza de que, se estudasse um pouco da história deste mundo, eu haveria de dar de cara com algumas diferenças e sutilezas que justificariam o progresso tecnológico levemente menor da informática.

Só que eu não teria tempo. Eu nunca tinha tempo suficiente para aprender o suficiente sobre os mundos pelos quais passava.

Abro o navegador e descubro que a principal página de busca deste mundo se chama Alta Vista. Digito "Cassandra Johnson" e dou de cara com mais de trinta homônimas. Não é um nome incomum, afinal. Eu devia ter pensado nisso quando sugeri a Stephanie e Gabriel/Justin que me procurassem na internet, digo, na globalnet.

Tenho uma ideia e escrevo "Cassandra Johnson Stephanie Herrmann", mas nada acontece. Bem, talvez, Steph ainda não tenha acordado nesta vida, ou não tenha tido a oportunidade de se conectar. Algumas possibilidades passam por minha cabeça. Sinto um arrepio de terror: e se Steph tiver nascido em um país sem inclusão digital? Se a Irlanda tinha essa internet, digo, globalnet de merda, o que dizer dos países menos desenvolvidos? Ou, talvez, a Irlanda desse mundo é que fosse subdesenvolvida? Uma merda, não saber das coisas. E se Steph, simplesmente, não tiver como acessar a globalnet? E se tiver nascido em um país maluco com bloqueio digital? Merda! Merda!

Passo a pesquisa pro verbete "Michael Jackson". Eu sempre faço isso, uma vida depois da outra. De certa forma, ele é minha âncora com algo constante. Fico feliz ao constatar que Michael está vivo, saudável e prestes a lançar seu próximo álbum: *7even*. Que coisa! Neste mundo, ele ainda é bem preto! Que bom! O site oficial dele tem canal de contato. Num acesso de loucura que só a esperança traz, envio uma mensagem:

Querido Michael,

Sei que você não vai acreditar em mim, mas a cada dia a realidade muda e estamos presos no mesmo dia 14 de janeiro de 2015. Eu não sei por que isso acontece e não sei por que eu mudo todos os dias. Hoje, eu me chamo Cynthia, mas, ontem, eu era uma mulher transexual e me chamava Cassandra. Anteontem, pasme, eu era um homem nazista e me chamava George. O único ponto em comum entre todas as realidades é que você, Michael Jackson, sempre existe. Até no mundo nazista você existia! Não é que só pessoas boas sejam constantes, veja você que Adolf Hitler também sempre existe e é sempre um maluco. Eu não sei o que isso pode significar, mas, se você souber a resposta e se for você que lê as mensagens (duvido!), eu adoraria obter algum recado seu.

Sua admiradora,

Cynthia.

P.S. – apesar do que pode parecer, não sou maluca.

Clico em "enviar". A mensagem vai. Provavelmente, não dará em nada. Mas como é mesmo que se diz? "A esperança é a última que morre". Esse ditado também era constante em todos os mundos. Mas Stephanie tinha outra versão de ditado sobre a esperança:

A esperança é a última praga do vaso de Pandora.

Você deve conhecer o mito: havia um vaso tampado, os deuses disseram que ele jamais devia ter sido aberto, mas a enxerida da Pandora o abriu e soltou todas as pragas conhecidas no mundo. Lá no fundo do recipiente, sobrou a esperança. A maioria das pessoas interpreta isso como algo de bom que os deuses enfiaram dentro do vaso. Stephanie ria dessas interpretações.

– Os deuses odeiam os humanos – dizia ela – Por que eles enfiariam algo de bom nesse vaso? Não, Cassie. A esperança era só a última praga. A pior de todas.

O vaso de Pandora faz parte de um mito, e mitos são formas de transmitir uma mensagem moral. Eventualmente, as coisas se mostram bem literais. O símbolo para pastas digitais, neste mundo, era o de vasos. Dezenas de vasos coloridos em minha tela de computador. E um deles dizia:

MNEMÓSINE.

Não era Mnemósine a deusa da memória? Clico no ícone e, tal qual Pandora, o abro.

Destampo o vaso e libero as pragas, pois, dentro dele, encontro o relato digital pormenorizado de minhas vidas como George Becker e Cassandra Johnson. Em português e em inglês. Com. Todos. Os. Detalhes.

4

  Wicklow é uma cidadezinha bastante pitoresca da Província de Leinster, localizada ao sul de Dublin, na Costa Leste. Mas seu nome original, em irlandês, é outro: Cill Mantháin, que significa algo como "igreja do desdentado". Só Deus sabe que personagem foi o inspirador de tão triste batismo. Prefiro a versão inglesa.

  Chove sem parar em Wicklow, mais do que na Londres de minha encarnação anterior, e o inverno é ainda mais frio do que sou capaz de me lembrar. Seis graus ao meio-dia é de fazer doer os ossos, mesmo com a calefação artificial da casa. É com grande esforço que decido trocar de roupa em meu (até então, desconhecido) quarto de adolescente. Minha nova mãe deve estar prestes a chegar para me levar à tal psiquiatra e não vai ficar nada contente se me encontrar de pijamas.

  Passadas tantas horas, Cynthia – minha atual identidade – ainda é um tanto desconhecida pra mim. Lembro-me de pouco, quase nada, e a maior parte do que sei deriva de inferências. Primeiro: ela deve ser uma adolescente problemática, considerando que está de castigo e precisa frequentar uma psiquiatra a cada quarta-feira. Segundo: dada a quantidade de amuletos e livros esquisitos, Cynthia parece ser praticante de alguma religião antiga, pagã, e isso parece ser comum aqui em Wicklow. A casa de Cynthia – melhor dizendo, a *minha* casa, preciso me acostumar a isso – também está repleta de símbolos cristãos. Os pais são, aparentemente, católicos. A filha metida a bruxa deve ser um transtorno pra eles, e eu os entendo mais do que eles poderiam imaginar. Cassandra Johnson, afinal, era bem anglicana. Encontro umas pedras em cima do criado-mudo, todas elas com símbolos pintados em branco. Devem ser runas. A pequena feiticeira deve consultar oráculos bobos. Mal sabe ela que, até ontem, no último 14 de janeiro de 2015, seria capaz de ver qualquer coisa só de tocar as pessoas.

    Ora, quem eu estou querendo enganar? Nada disso são lembranças, são inferências a partir de evidências superficiais. Eu não estou lembrando de nada, estou apenas bancando a detetive. Cassandra tem personalidade forte e hesita em evaporar.

    Pois é. Até ontem, tudo o que eu quisesse saber estaria ao alcance de um toque. E, agora, eu dependo de uma internet lenta e de um oráculo primitivo. Não me parece uma troca justa, mas fazer o quê? O fato de encontrar escritos sobre minhas existências anteriores como George e Cassandra no computador de Cynthia já me deixa feliz o suficiente. Não faço ideia de como meus escritos em papel se tornaram digitalizados no intervalo de um sono, mas já desisti de tentar entender como e por quê as coisas que escrevo me acompanham de uma realidade para a outra.

    Faz frio, mais do que fazia durante a madrugada. Como é possível que o Sol a pino conceda uma temperatura menor do que a da noite escura? E o aquecimento, definitivamente, não ajuda. Penso em vestir algo por cima dos pijamas, um casaco de veludo, algo de couro, mas sou interrompida em meus pensamentos por minha mãe, que acaba de chegar para a prometida carona.

    – Cynthia, ainda de pijamas? Vamos chegar atrasadas, minha filha!

    – Tá muito frio! Acho que vou pôr um casaco por cima dos pijamas.

    – Não. Vamos lá, Cynthia, troque essa camisa.

    Com um movimento brusco, mamãe sobe a parte de cima de meu pijama, deixando-me apenas de sutiã. Um intervalo de três longos e silenciosos segundos se faz, enquanto mamãe me olha com espanto. É como se estivesse vendo um inseto asqueroso em mim. Preocupada, pergunto:

    – Mas o que é agora?

– Que cicatrizes são estas, Cynthia? Meu Deus!

– Cicatrizes? Que cicatrizes?

– Isso aqui em seu pescoço! – diz mamãe me tocando. – Desde quando você tem isso? E essas outras na barriga?

Olho para baixo e confirmo: há várias cicatrizes em minha barriga, exatamente onde Billy me esfaqueou, quando ele ainda existia e eu era Cassandra.

– Não estavam aqui ontem? – pergunto.

– Não, claro que não. Quer dizer… acho que não! Não sei! Mas não estavam aí da última vez em que vi você sem camisa. O que aconteceu, Cynthia? Você andou se cortando?

Minha cabeça começa a dar reviravoltas. Pelo visto, meus relatos das vidas passadas não tinham sido a única coisa a vir comigo de Londres para Wicklow, de uma vida para a outra. As cicatrizes recém-surgidas são mais uma prova de que eu não estou imaginando tudo isso. A recriação do Universo é real, mas, pelo visto, deixa pontas soltas.

5

É difícil convencer mamãe de que eu não estou me cortando escondida. Ela inspeciona meu corpo à procura de mais cicatrizes, mas as da barriga e do pescoço são tudo o que há. Pequenos queloides e cicatrizes fibrosas nos exatos lugares em que Billy me esfaqueou, digo, esfaqueou Cassandra. *Cure suas feridas através da reencarnação, máxima eficiência com um mínimo de esforço* soa um bom slogan para uma publicidade metafísica.

No trajeto que fazemos entre nossa residência e o consultório psiquiátrico, dá para ter uma boa noção de como é Wicklow. Uma estrada imensa, de um verde pujante, com uma distância de quase meio quilômetro entre uma casa e outra. Um lugarzinho simples, bucólico, algo melancólico e até bonito em seu jeitão "deslocado do mundo".

Mamãe está muda, mal conversamos durante o trajeto. Só pode ser preocupação com todas aquelas cicatrizes. Não puxo conversa, quero evitar o risco de falar alguma bobagem e chamar atenção indevida. Eu ainda nem lembro direito de como é "ser Cynthia". Melhor ficar na minha.

Em vinte minutos, chegamos enfim ao consultório da psiquiatra. A doutora Valerie é uma francesa simpática e tem algum ancestral oriental, o que lhe concede uma beleza exótica. Ela me recepciona com um largo sorriso e me oferece um chá verde bem quente. Aceito. Está mais frio que antes: cinco graus.

– Como estamos hoje? – pergunta Valerie.

– Eu poderia falar com você em particular um minutinho? – pede mamãe.

Vai falar de minhas cicatrizes, penso. Ótimo. Iria ajudar bastante no que eu pretendia fazer.

As duas se enfiam no consultório, deixando-me com meu chá na sala de espera. O lugar é uma espécie de casa e clínica ao mesmo tempo. Valerie mora nos fundos. Eu ainda não tenho acesso pleno às memórias de Cynthia, mas aquele lugar me é bastante familiar. Mais até do que minha própria casa desta vida. A psiquiatra me transmite... como dizer? Confiança. E isso é bom. Após menos de cinco minutos de cochichos, mamãe sai do consultório, ainda com um ar preocupado, dá-me um beijo de despedida no rosto e diz que me pegará em uma hora.

– Seja legal com a doutora Valerie – pede ela.

– Não se preocupe, estou bem – respondo, com um sorriso franco. Mamãe me olha por dois segundos e parece mais desconfiada ainda.

– Olha, pra ser sincera, você me parece mesmo bem. Está tão calma! – diz ela, olhando para a doutora Valerie.

– Sabe, doutora, até ontem, a ideia de ficar de castigo fazia ela ficar uma fera. Tentou fugir de casa, tivemos que obrigá-la a dormir conosco. De repente, toda essa tranquilidade.

– E qual o problema em estar tranquila? – pergunto.

– Eu espero de verdade que você não esteja tramando algo, Cynthia. Nem eu e nem seu pai merecemos isso. Estamos cansados.

Eu até penso em responder, o quê não sei, já que nem sei o porquê de estar de castigo, mas somos interrompidas pela doutora Valerie: – Não se preocupe, Muriel. Deixe Cynthia comigo, temos muito a conversar.

Mamãe é Muriel, papai é Liam e há também Martin, diz a voz da memória perdida dentro de mim. *E eu estou de castigo por causa de Martin.* Falta descobrir quem diabos é Martin e qual a razão da punição, só que isso terá que esperar. O importante, no momento, é conversar com a doutora Valerie. Abrir o jogo. E que se danem as consequências.

6

— Como você passou seus últimos dias, Cynthia? – pergunta Valerie, enquanto eu me sento na cadeira em frente a ela – Como diminuímos sua medicação, fiquei esperando algum sinal seu. Pelo visto, você está muito bem.

— Que medicação eu tomo?

Ela não parece se espantar com minha súbita amnésia. Limita-se a sorrir e responder:

— Zyprexa.

— E para quê, exatamente, serve Zyprexa?

— É um antipsicótico – responde, apertando os olhos amendoados, como se jogasse um jogo.

— Então, quer dizer que eu sou psicótica.

— Sim, você é. Só me resta saber com *quem* exatamente eu estou falando hoje. Você não é Cynthia, não é mesmo?

— Do que... do que você está falando?

— Sua postura. Seu jeito de sentar, de me olhar. Esse seu jeito... londrino e adulto. Quem é você, afinal? Eu poderia arriscar alguns palpites, mas prefiro que você mesma me diga. Sabe que pode confiar em mim.

Fico toda arrepiada. Ela parece ter ou conhecer algum segredo, pelo visto sabe mais do que eu imagino. Olho, rapidamente, para o entorno da sala. Uma estante imensa, feita do que parece ser madeira de carvalho. Muitos e muitos livros, a maioria deles de uma autora chamada Frida: "Totem e Tabu", "O Mal-Estar da Civilização", "A Inveja dos Seios". Tudo me parece familiar e estranho ao mesmo tempo.

– Ok, vou abrir o jogo – disparo – Eu não sou Cynthia, você adivinhou. E você parece saber mais do que os outros. Você sabe que estamos todos presos no mesmo dia 14 de janeiro de 2015 e que a realidade sempre muda depois que dormimos? Sabe?

Valerie não assente, nem nega. Permanece irritantemente calma, como se eu tivesse dito a coisa mais banal do mundo. Restringe-se a fazer um gesto como o de quem diz "continue".

E eu continuo:

– Até ontem à noite, eu era Cassandra Johnson, uma mulher inglesa. Transexual, mas bem mulher. Fui ferida, dormi e acordei aqui. Não faço ideia de onde estou e de quem é Cynthia.

Valerie apenas me observa. Observa e escuta.

– Você não vai dizer nada? – pergunto.

– Eu conheço você, Cassandra. Você também me conhece, embora faça algum tempo que não nos encontramos – diz ela.

Foi como um soco na barriga. Os locais de minhas cicatrizes começam a latejar. A memória da dor é bastante recente. Afinal, em minhas lembranças, fazia menos de vinte e quatro horas que Billy tinha me esfaqueado do pescoço ao baixo ventre. Minha mente começa a trabalhar em alta velocidade, tecendo várias conjecturas. Minha hipótese mais forte é de que Valerie conhece Cassandra porque ela é a nova encarnação de Stephanie, ou de Gabriel/Justin. Eles também tinham fugido da cachoeira Lethes e, provavelmente, teriam reencarnado com lembrança plena de suas vidas passadas.

– Você é Stephanie ou Gabriel/Justin? – disparo.

– Não sou nem uma, nem o outro. Meu nome é Valerie Caillat. E eu conheço você, Cassandra. Conheço também Cynthia, George e alguns outros. Mas, geralmente, falo com Cynthia. Como eu disse, faz algum tempo que não conversamos, eu e Cassandra.

– Como? Mas do que... do que você está falando?

Valerie se levanta, vai até uma pequena televisão na estante de carvalho, a aciona e liga também um vídeo cassete. Presenciar essa cena me deixa deprimida. Eu estou em um mundo em que, em pleno 2015, ainda se usam vídeos cassetes!

– Eu prometi a você... a *todos* vocês, que mostraria este vídeo sempre que um se esquecesse – diz ela, enquanto enfia a fita no aparelho.

O filme começa. Lá estou eu, ou, melhor dizendo, lá está o corpo de Cynthia, andando de um lado para o outro do consultório. Os trejeitos são masculinos, impacientes. Eu falo com uma voz grossa e num idioma desconhecido, mas o vídeo está legendado em inglês:

– Eu preciso encontrar um jeito de voltar! – diz a voz de homem através de meu corpo, no vídeo. – Eu quero matar Alois Hitler! Você tem que me ajudar a voltar, Valerie! Eu quero *foder* com essa gente! Foi por causa deles que Júlia morreu!

O vídeo sofre um corte e passa para outra cena. Nela, eu estou sentada de um modo confortável, elegante, tomando chá e sorrindo cinicamente. Nessa nova cena, eu falo com um distinto sotaque inglês:

– Eu entendo seu ceticismo, doutora Valerie, mas se a senhora me permitir que eu toque seu rosto por menos de um minuto, eu poderei provar que sou quem digo ser. E, então, a senhora poderá me ajudar a encontrar Stephanie, sinto muita falta dela.

No filme, é possível ler: "Cassandra Johnson, personalidade número dois, gravação em 24 de agosto de 2014".

– O que significa isso? – pergunto, com medo de ouvir a resposta.

– Sua psicose é extremamente rara, Cynth... Cassandra. Você manifesta múltiplas personalidades. Uma age como se a outra fosse uma vida anterior. Cynthia conhece Cassandra e George. Cassandra conhece George, e não faz ideia de quem seja Cynthia, mas finge conhecer. George, por sua vez, sabe apenas quem ele é, e ignora Cassandra e Cynthia, mas lembra de outras identidades alegadamente anteriores. George é a pior de todas as suas identidades. Ele é fisicamente muito forte. A crença de ser homem ajuda no processo e ele agride os pais de Cynthia. A medicação estabiliza a doença e você "estaciona", por assim dizer, na psique de Cynthia.

– Isso não faz sentido! – retruco, sentindo lágrimas quentes brotando de meus olhos. – Você está dizendo que eu não sou real, que Cassandra não é real, mas eu te digo que essa tal Cynthia é que não existe pra mim! Eu me lembro de quem eu sou! Até ontem, eu tinha uma namorada, Stephanie, e... ai, meu Deus!

Valerie caminha em minha direção e me oferece um lenço. Eu aceito.

– Em momento algum, eu disse que você não é real, Cassandra. Você é bem real pra mim. Ou, melhor dizendo, a sua *identidade* é muito real, muito própria.

– Mas eu sou uma criação psicótica, é isso que você quer dizer.

– O fato objetivo é que, apesar de sua personalidade-Cassandra ser real, você não é uma mulher transexual paranormal de cabelos azuis. Seu corpo é o de uma menina adolescente de dezesseis anos. Uma menina imaginativa, criativa e solitária, entediada com a realidade interiorana de Wicklow. Talvez, Cassandra seja mais real do que Cynthia. Talvez, seja quem você precise ser. Ou George, quem sabe? E isso apenas o tempo poderá nos dizer.

– Não faz sentido! Nenhum sentido! – quase grito. Estou mesmo perdendo a compostura – Veja isso aqui, veja! – e, dizendo-o, levanto a blusa, mostrando as cicatrizes. – Como é possível que essas cicatrizes tenham surgido da noite pro dia? Mamãe não se lembra delas em mim, ontem. Valerie parece titubear por um segundo, mas sua hesitação é breve. Séria, retruca:

– Cynth... Cassandra, sua mãe *não se lembra* dessas cicatrizes. Não significa que não estivessem aí, antes.

– Fala sério!

– Me escute: quando você assume a personalidade de George, costuma ser violento. Você já quebrou coisas, já ameaçou cortar os pulsos para morrer e ficar com a tal Julia. É bem provável que George tenha machucado a si mesmo, sozinho em casa, e ninguém tenha visto.

— Mas Stephanie... — balbucio, quase desesperada.

— Cassandra, preste atenção: Stephanie é o nome da irmã mais velha de Cynthia. Essa irmã morreu em um acidente de carro quando Cynthia tinha quatro anos de idade. Vocês eram bastante apegadas.

— O quê? Que merda é essa que você está me dizendo?

— Apenas escute, por favor. Quanto a Justin, era o nome de seu cachorro... do cachorro de Cynthia, que morreu no mesmo acidente. Gabriel é o nome de um arcanjo, há imagens dele por toda a sua casa. Julia Rivera é o nome de uma astrônoma famosa que tem um programa de TV. E Billy, que esfaqueou Cassandra, é apenas o nome do rapaz que bateu no carro de seus pais, matando sua irmã Stephanie.

— Pare... pare, por favor! Eu estou ficando com dor de cabeça!

— Cassandra, é preciso encarar os fatos, e eu não estou aqui pra mentir pra você. Se não acredita em mim, cheque seu computador. Ou, melhor dizendo, o computador de Cynthia. Você encontrará relatos sobre as vidas de Cassandra e George.

— Eu falo *português* quando sou George! Como diabos Cynthia, irlandesa, poderia falar português?! — pergunto, aos prantos.

— Depois que sua irmã morreu, seus pais se mudaram para Portugal e vocês moraram na cidade do Porto por quatro anos. Você aprendeu português muito bem. Foi quando sua personalidade começou a se cindir. E vocês passaram um mês de férias no Rio de Janeiro. Foi a primeira vez que "George" se manifestou. Você tinha, então, sete anos de idade.

Valerie atira a história em minha cara e eu não posso negar: a lembrança da vida de Cynthia começa a se encaixar em minha cabeça e, quanto mais tudo se organiza, mais o que a doutora diz parece fazer sentido.

Eu não estou presa no tempo. O tempo, pelo visto, passa. Eu estou presa, isso sim, em uma psicose fodida. Não passo de uma merda de uma adolescente com a cabeça fodida e oca o suficiente para me refugiar em identidades paralelas. Desabo de chorar e Valerie me abraça, confortando-me. Sinto-me, ao mesmo tempo, desapontada e aliviada. Eu irei, enfim, dormir e, no outro dia, ainda estarei em Wicklow, ajudando mamãe na horta, brigando com papai por causa de Martin, me esforçando para aprender matemática e fazendo pequenos feitiços rúnicos em encruzilhadas. E irei tomar minha medicação todos os dias, prometo que tomarei. Isso talvez seja bom e faça tudo parar. Precisa parar. Porque, seja qual for minha loucura, dá pra ver que é grave. Há algo de errado na forma como as coisas são, e essa estranheza com certeza se deve aos mecanismos despirocados de meu cérebro doente. Só isso pode explicar o fato de que, com o canto do olho, olhando para a TV com o filme em pausa, eu vejo uma mulher loira sorrindo, com ar triunfante. É ela, a Rainha de Lethes.

Eu a vejo por um segundo. Apenas um fugidio segundo, antes que ela desapareça como se nunca tivesse estado ali.

7

Se você me perguntar o que a magia é, eu, talvez, não saiba responder com precisão, mas desconfio que seja algum tipo de tatuagem que se faz na pele do mundo, e é isso o que a torna tão perigosa. Tatuagens, como bem se sabe, costumam ser definitivas. Se você faz uma e com o passar dos anos enjoa da aparência, se arrepende ou algo assim, há duas opções: apagá-la com laser, ou fazer outra tatuagem por cima. Nenhuma das duas alternativas, contudo, reverte bem o que foi feito. Sempre resta uma cicatriz ou um borrão.

Você já passou por uma sessão de apagamento de tatuagem com laser? Posso adiantar que dói demais e, além disso, a pele não se torna o que era antes, o efeito é limitado. Do mesmo modo, é impossível desfazer uma magia sem deixar cicatrizes. Tatuagem e bruxaria são duas coisas que as pessoas deviam pensar sete vezes antes de fazer.

Seja lá o que for, a magia é algo que fica marcado na tessitura da vida. Só faça se tiver muita certeza e faça direito. Com tintas de qualidade, de preferência. É um conselho bom e dado de graça, daqueles que guardam em seu íntimo a ameaça do "depois. não diga que eu não avisei".

Pena que eu nunca tenha seguido meus próprios conselhos. Bastam duas horas revirando os apetrechos esquisitos de Cynthia – *meus* apetrechos, preciso me acostumar – e a memória começa a voltar. Aqueles cacarecos mexem bastante comigo, e a doutora Valerie tem a forte convicção de que eu me lembrarei mais rapidamente de meu eu-Cynthia se me entrosar com seus objetos mágicos.

Eu estava enganada quanto às runas. Ou, pelo menos, no tocante à finalidade daquelas pedras pintadas. Eu não as uso como um oráculo, nada de tentar ver o futuro através delas. Pelo que posso entender, lendo um livro preto que encontro na gaveta da escrivaninha, eu uso as pedras para praticar algum tipo de magia. Magia rúnica primitiva.

 Vejo-me naquele ponto em que a antiga personalidade ainda persiste, e Cassandra Johnson é mesmo uma pessoa de quem é difícil me desapegar. Mas Cynthia se torna mais forte a cada minuto. A ideia de usar pedras pintadas com símbolos nórdicos antigos para fazer bruxaria soa ridícula para a Cassandra dentro de mim. Cynthia, por sua vez, ri do ceticismo de Cassandra. Justo ela, dotada de poderes paranormais, colocando em xeque a realidade da magia? Enfim, ser esquizofrênica tem dessas coisas. George Becker, pelo menos, nem dá sinal de vida. Tudo o que resta dele são velhas anotações em meu computador.

 Meus pais detestam minha inclinação para o ocultismo nórdico, pois são católicos e criticam a magia e o politeísmo. O eu-Cynthia, é claro, pouco se lixa pro que eles pensam. Anote aí o que estou dizendo: poucas religiões são mais politeístas do que o catolicismo, com tantos santos atuando como intermediários entre o poder de Deus e o querer dos homens. Se eu peço chuvas a Thor, mamãe reza pra São Pedro. Onde está a merda da diferença? E quer maior exemplo de bruxaria do que fazer promessa pra conseguir as coisas? Os católicos estão o tempo inteiro interferindo na realidade através de sua específica e particular magia, mas se iludem achando que não. Só rindo mesmo. Olho ao redor da sala de minha casa e vejo: imagem da Virgem Maria, oratório repleto de anjos e arcanjos, velas acesas pra São Francisco de Assis, uma promessa para curar o cachorro da vizinha, já que esse é o santo que protege os animais. E o que dizer dos mil folhetinhos que papai mandou imprimir como pagamento de promessa a Santa Luzia, por ter curado a catarata de vovó? Na real, quem curou a catarata foi uma cirurgia, mas papai insiste que tudo correu bem graças à interseção de Santa Luzia. E há, também, aquela imagem imensa, no corredor que liga a sala aos quartos, uma estátua de quase um metro de altura de um santo cujo nome não lembro. Permaneço alguns minutos parada diante dele, admirando as flores ofertadas num vaso. Por trás das flores, esconde-se uma faixa com seu nome: São Pelegrino. O nome não me é estranho. Pensei em pesquisar quem ele foi na globalnet, mas uma oração escrita a mão aos pés da imagem revela tudo o que é preciso saber sobre ele:

Glorioso Santo que, obedecendo à voz da graça, renunciastes, generosamente, às vaidades do mundo para dedicar-vos ao serviço de Deus, de Maria Santíssima e da salvação das almas, fazei que nós também, desprezando os falsos prazeres da terra, imitemos o vosso espírito de penitência e mortificação. São Pelegrino, afastai de nós a terrível enfermidade, preservai-nos a todos nós deste mal, com vossa valiosa proteção. São Pelegrino, livrai-nos do câncer do corpo e ajudai-nos a vencer o pecado, que é o câncer de alma. São Pelegrino, socorrei-nos, pelos méritos de Jesus Cristo Senhor Nosso. São Pelegrino, rogai por nós. Amém.

Santo protetor do câncer? Pra quê isso? Minha casa é um antro de politeísmo mágico! E eu, pelo que leio no caderno negro de Cynthia (*meu* caderno, preciso me acostumar), nem costumo invocar os deuses. Limito-me a desenhar letras rúnicas no ar: *Mannaz, Ingwaz, Dagaz. Wyrd, Algiz e Kenaz*. E tantas outras. Eu uso o *Futhark Antigo*, um sistema de vinte e quatros letras rúnicas. Um alfabeto supostamente capaz de comunicar um intento ao Cosmo. Se o Cosmo responde, essa é toda outra questão.

Não custa experimentar. Desde a sessão no consultório da doutora Valerie, uma hora atrás, eu estava obcecada com a ideia de estar sendo perseguida por algum espírito maligno. No caso, a mulher que vi na TV do consultório, a mulher que as lembranças de meu eu-Cassandra associavam a uma tal "Rainha de Lethes". Talvez – e a hipótese era muito boa pra ser deixada de lado – minhas personalidades múltiplas sejam espíritos. Talvez, Cynthia tenha o poder de se comunicar com os mortos ou com pessoas em outros cantos do planeta. E se Cassandra e George existissem não como fruto de minha imaginação, mas como indivíduos que um dia viveram, ou que viviam em outros lugares? Já a Rainha de Lethes era outra história. Ela bem me parecia um mau espírito.

Tranco-me no banheiro e, no espelho, desenho três runas usando um batom cor-de-rosa: *Ansuz*, que permite a comunicação e traz luz à consciência; *Perdhro*, que revela o que está oculto, desvenda segredos e mistérios; e, por fim, *Tiwaz*, que protege em situações de perigo. Em voz baixa, sussurro os três termos rúnicos e aguardo cinco minutos. Nada acontece. Talvez um pouco de sangue? Considerando que estou menstruada, nem seria preciso me cortar. Pego um pouco de sangue lá de baixo e marco o espelho com três digitais, em cima de cada letra mágica.

Nada ocorre. É claro que me estou me sentindo ridícula. Apago a sujeira do espelho, antes que meus pais cheguem e queiram me matar. Pensei em acessar a globalnet, não por achar que seria possível entrar em contato com Stephanie ou com Justin/Gabriel. Eu já estou convencida do fato de ser uma psicótica bem imaginativa em tratamento, mas não tenho nada pra fazer e poderia, sei lá, pesquisar um pouco mais sobre Wicklow. Isso poderia ajudar minha memória. Mas, então, ouço o telefone tocar. É o som (bastante familiar!) de um celular, vindo de algum canto da casa.

Tento rastrear o som, mas não consigo achar o aparelho. Alguma coisa vai se reorganizando em minha memória e vou direto pro quarto de meus pais. Abro o armário de papai e me deparo com um cofre. O que o celular fazia dentro de uma merda de cofre? *Meu celular*, diz a voz das lembranças da existência de Cynthia dentro de mim.

Trancado no cofre, porque estou de castigo.

Mas castigo pelo quê? Eu não consigo lembrar. Seria impossível descobrir a senha do cofre e eu nem pensaria em tentar. Teria ficado por isso mesmo, se eu não me sentasse na cama e visse, com o canto do olho, um sobretudo de papai. E, de dentro do bolso, a ponta de um bilhete. Puxo o papel e mal posso acreditar no que vejo: seis senhas, algumas com letras e números, outras apenas com números. Claro que é algum lembrete de senhas de papai. *Ele tem uma memória horrível*, lembra o eu-Cynthia. Testo as senhas exclusivamente numéricas e... bingo! O cofre abre.

O celular já tinha parado de tocar mas, enquanto eu me preparava para checar as ligações não atendidas, o aparelho soa uma vez mais. A tela do aparelho me informa o nome do chamador: Martin.

– Alô?

– Cynthia? Estrelinha? – diz a voz masculina do outro lado da linha – Não acredito! Eu tinha certeza de que seus pais tinham tirado o celular de você!

– E tiraram, estava no cofre – comento, fingindo naturalidade – Mas eu descobri a senha.

Do outro lado da linha, um riso nervoso.

– Eu não ia nem tentar, mas, não sei por quê, não me pergunte, me deu a sensação de que, se eu te ligasse, você atenderia!

Comunicação, a dádiva de Ansuz, diz a voz das lembranças de Cynthia em minha mente avariada.

– Bem, tivemos sorte – respondo – Por acidente, encontrei um bilhete com as senhas de papai e consegui abrir o cofre.

– Você sempre foi ótima detetive.

Revelação de mistérios, a dádiva da runa Perdhro, penso.

– Mas fala aí, estrelinha, como você está? – pergunta o rapaz.

– Eu estou bem, só um pouco cansada.

– Tô morrendo de saudade – diz ele.

– Oh... eu... eu também! – minto. Como poderia sentir saudade de quem eu nem lembro? Passa pela minha cabeça a ideia de ser bem franca com o cara. Se ele me conhece bem, dever saber de minha condição. Mas isso nem é preciso, considerando o que ele diz em seguida:

– Cynthia, você não precisa me enrolar. Se não estiver lembrando de mim hoje, é só dizer.

– Você... você sabe?

Martin ri.

– Claro que sei, né? Somos namorados, embora você nem sempre se lembre disso. Mas já conheço bem seu tom de voz de quando quer disfarçar a falta de memória.

– Desculpe... – sussurro, pesarosa – Eu, realmente, não lembro. Só sei que seu nome é Martin, porque a informação apareceu no celular. Deve ser complicado namorar alguém como eu.

– Nunca é complicado quando se está apaixonado, estrelinha.

– A gente namora há quanto tempo?

– Há um ano e dois meses. E, tirando um soco na cara que você me deu num dia em que acordou ao meu lado possuída pela personalidade de George Becker, nós nunca brigamos – diz ele, rindo.

– Bem, eu acho que a gente precisa se encontrar. Preciso organizar a confusão em minha cabeça.

– Isso vai ser bem difícil.

– Por que?

– Cynthia, você está de castigo porque namora comigo. Seus pais são contra nosso relacionamento. Seu pai, mais especificamente – responde Martin.

– Mas por que eles são contra? Você fez alguma coisa? Nós fizemos algo de errado?

– Estrelinha... – responde Martin, após uma pausa de apenas dois segundos que me parece longa e opressora o suficiente – Seu pai não quer que a gente namore porque eu sou preto.

8

Ok, vamos recapitular, tudo isso foi bem esquisito. Eu não consigo abandonar a sensação de que a bruxaria havia, de algum modo, funcionado. Não do jeito que eu, inicialmente, imaginara que funcionaria. As três runas que usei permitiam a revelação de segredos, e eu tinha descoberto a senha do cofre de papai. Permitiam a comunicação e eu, efetivamente, havia conseguido falar com Martin.

Faltava a proteção contra perigos, virtude de Tiwaz, mas, em menos de quinze minutos, eu descubro que até aquela runa tinha agido, pois me dou conta de que papai está em casa, na sala, sentado no sofá. Ele não ouviu nem o celular tocar e nem a minha conversa com Martin. Ele estava ouvindo CD num walkman. Sim, nesta realidade pode até ser 2015, mas as pessoas ainda ouvem CDs em toca-discos portáteis.

– Oh, olá mocinha, como foi a sessão hoje? – pergunta papai, retirando os fones de ouvido ao me ver.

– Correu tudo bem – respondo, sorrindo um sorriso falso. – Gosto demais da doutora Valerie, ela é um doce.

– Muito bem.

– Você voltou mais cedo, pai.

Ele se levanta, caminha na direção e acaricia meus cabelos. Nenhuma informação sobre ele atravessa a minha pele. Eu havia mesmo perdido os poderes de Cassandra, se é que um dia os tinha tido de verdade.

– Sim, a reunião acabou antes do que eu imaginava que acabaria. Resolvi dar uma passadinha pra ver como você estava. Sabe que me preocupo com você, Cynthia.

– Eu sei, papai. Não precisa se preocupar, estou mesmo bem.

– Você não tentou fugir, desta vez. Estou muito satisfeito.

– Fugir? – pergunto.

– Sim, como ontem – responde ele, me olhando com desconfiança. Eu preciso ser discreta, antes que ele perceba que eu ainda não sou, inteiramente, Cynthia. Se souber o que está, de fato, acontecendo, ele talvez queira me internar, me medicar, ou algo assim. E eu só quero ficar em casa.

– Ah, ontem – assinto. – Aquilo foi uma grande tolice, desculpe. Não vai se repetir.

– Bem, eu espero que não – diz ele, sério. – Eu quero confiar em você, Cynthia. Mas, até lá, você fica trancada em casa.

– Trancada... Sim, claro. Trancada.

– Não quero de jeito nenhum você saindo com aquele neguinho.

Meus deuses, este homem idiota é meu pai?, penso.

– Não vou sair, fique tranquilo.

– E ele já sabe que, se vier aqui, vou encher ele de porrada e chamar a polícia. As câmeras de vigilância controlam tudo.

– Eu sei, papai, não há com o que se preocupar, de verdade. Tudo o que eu quero, hoje, é ficar em meu quarto. Quero ficar em casa, lendo.

– Algum livro novo? – pergunta ele.

– Não, nada de especial, vou pegar qualquer coisa e ler.

– Eu terminei um romance semana passada. Ficção policial.

– Ah, sim? Sobre o quê?

– Um livro muito, muito interessante. Chama-se "11 de Setembro de 2001". Conta a história de um grupo terrorista que se infiltra em aviões comerciais e comete um atentado contra as Torres Gêmeas em Nova Iorque.

– Parece bom. Quem é o autor?

– Stephen King, quem mais teria tanta criatividade? Ele, como sempre, escreve ótimos romances policiais. Um tanto inverossímeis, eu diria. Mirabolantes e fantasiosos, como nesse livro que acabei de ler. Mas King consegue fazer tudo parecer factível. Escreve bem, o homem!

– Vou dar um saque.

– Faça isso! – comenta papai, dando-me um beijo estalado na bochecha esquerda – Nos vemos à noite. Hoje, eu cozinho. Que tal peixe com fritas?

– Peixe com fritas me parece ótimo, paizinho.

Posso dizer que é instintivo, quase sutil, algo que brota daquela parte minha que é Cynthia e que curte experimentações. Como deixar passar a oportunidade? Dou um abraço em papai. Ele retribui surpreso, eu não devia ser uma filha carinhosa. Talvez, eu até seja, mas, no momento, eu sou apenas sonsa, pois tudo o que eu tenho em mente é a chance de, com o dedo indicador esquerdo, desenhar rapidamente uma runa em suas costas e sussurrar *Hagalaz*, a letra nórdica que traz doenças. Mais uma tatuagem na pele do mundo.

Papai se despede, dá três passos, dois poderosos espirros e diz:

– Merda de frio! Já vi que vou pegar um resfriado!

9

Meu plano é bom, mas eu preciso considerar alternativas, pois não quero colocar Martin em maus lençóis. Eu ainda não me lembro dele bem, mas algo tênue começa a brotar dentro de mim, desde que nos falamos ao telefone. Algum tipo de... afeto. Eu já sou bem mais Cynthia do que Cassandra (ela esperneia dentro de mim, mas está quase desistindo e me deixando assumir), e sinto desejo de encontrar Martin. Tudo já está bem mais definido para mim: eu sofro de uma forma exótica de psicose, sou filha de um racista de merda e namoro um brasileiro negro, estudante de Biologia, que se encontra na Irlanda por causa de um programa de intercâmbio chamado "Ciência Além das Fronteiras". Ah, e eu sou uma bruxa. Das boas, pelo visto. A não ser, claro, que os efeitos que testemunhei sejam apenas coincidência. Duvido que sejam.

Meus pais voltarão em cinco horas, tempo suficiente para que eu descubra um jeito de fugir sem ser filmada pelas câmeras de vigilância e correr três quilômetros até a casa de Martin. O plano é simples: ficaremos um pouco juntos e, então, eu volto para casa de táxi. Martin se oferece para vir até o meio do caminho e nos encontrarmos na floresta, mas eu rejeito a ideia. Sou menor de idade e ele pode se complicar com a polícia, se descobrirem que ele veio em minha direção. Quero fazer as coisas de um jeito que, caso alguma coisa venha à tona, a culpa seja toda minha. Martin teria ficado na dele e eu teria sido a desobediente.

Como fazer meu plano vingar é mais complicado. Estou trancada. Será preciso... mais magia!

Estudo meticulosamente o livro de runas, em busca de alguma letra que simbolize a abertura de portais, portas, chakras, o que quer que seja, contanto que simbolize "abertura". Seria a apoteose de minha autoconfiança pagã se eu conseguisse destrancar a casa e fugir.

Sou interrompida por um "bip", som característico de uma mensagem nova em minha caixa de e-mail. Não há nome de remetente, apenas iniciais: MJ. Quando abro e leio a mensagem, meu coração dá um salto e quase sai pela boca:

Garota, não faço ideia de quem você seja, mas não me escreva mais. Não quero encrencas com ela. Por mim, ela muda essa porra toda quantas vezes quiser até conseguir seja lá o que pretende. Já desisti de tentar entender e, da última vez que a desafiei, quase morri de pavor. Siga meu conselho e fique na sua, ok? Há poderes que não devemos desafiar. Sinceramente, MJ.

"MJ"? Michael Jackson? O cara recebeu e respondeu meu e-mail?! Ok, isso me deixa *mesmo* muito confusa. Eu já estava aceitando a ideia de ser esquizofrênica e ter imaginado as existências de Cassandra e George, mas...

A não ser que o próprio e-mail seja mais um sintoma de minha psicose. E se ele não estiver ali? E se eu tiver enviado essa resposta pra mim mesma usando uma conta falsa e nem me lembrasse disso? Guardo a informação num arquivo mental, classifico como "a verificar", e me ponho a estudar as runas. Não demora e encontro o que queria:

Dagaz. A runa que abre portas.

10

Desenho Dagaz na porta da cozinha, ponho-me de pé diante da porta e declaro com firmeza, sentindo o som sair, vagarosamente, de minha boca

– Dagaz!

Nada acontece. Acrescento um pouco de sangue menstrual ao símbolo. Mamãe enlouqueceria se visse toda aquela sujeira mas, se o plano desse certo, ninguém veria nada.

– Dagaz! – repito, quase gritando.

Tudo continua do exato jeito que estava. Estou me sentindo ridícula. Os ecos de Cassandra em mim insistem que magia não existe e que eu estou apenas fazendo papel de pateta. Essa bosta de ceticismo deve estar me atrapalhando. *Cale sua boca, Cassandra Johnson*, sussurro pra mim mesma. De algum modo, eu sei do que sou capaz. Eu, Cynthia, sempre soube. É tudo uma questão de ter mais fé em mim mesma, tudo uma questão de desenhar direito. Braço esquerdo estendido para o alto, braço direito estendido na direção do chão, *aquilo que está em cima é como aquilo que está embaixo*

...posso entrever no espelho da cozinha a minha cara de adolescente furiosa e grito a plenos pulmões:

– DAGAZ!

Um vento sopra. Tão forte que, juro pelos deuses, posso sentir a casa tremer. Não, não apenas a casa. Eu tenho certeza que senti *a realidade* estremecer. Mas tudo continua como estava, com exceção da janela. Fustigado por um vento inacreditável, o vidro explode em pedaços pra dentro da cozinha, trazendo consigo galhos, folhas das árvores do quintal e pedaços das câmeras de vigilância que papai havia instalado. Bem, isso não seria difícil de explicar. Janelas quebradas pelo vento não seriam culpa minha e havia indícios suficientes de que um vento calamitoso havia soprado nas imediações.

Salto pela janela e vejo o quanto tudo ao meu redor está arrasado pela ventania. Uma árvore tinha até caído. O vento, súbito e feroz, traz uma bola para meu quintal, provavelmente, de alguma casa vizinha. Uma ave jaz morta na soleira da porta dos fundos e posso jurar que se trata de um papagaio. Perdoe-me, bichinho.

Saio correndo, arrepiada de tanto entusiasmo, me sentindo poderosa como nunca. Eu havia realmente feito aquilo? Invocado um vento que arrebentou com tudo? Faz um frio dos diabos, mas que se dane, correr aquece o corpo.

– DAGAZ! – grito, às gargalhadas, ouvindo o som do vento aumentar ao meu redor. – DAGAZ! DAGAZ! – pareço uma louca, mas estou adorando isso tudo.

Corro por um quilômetro sem parar, cortando caminho por dentro da floresta. Estou mesmo em forma. Uma sensação premente de irrealidade me acompanha, mas não paro de correr dentro daquele verde infinito e profundo de Wicklow. Corro tanto que começo a senti calor. Paro por um minuto, saco o cantil que está em minha mochila e bebo um gole d'água. Aquecido, de fato, meu corpo, pois sinto um calor horroroso. O vento sopra com força, para por alguns segundos e, então, recomeça a soprar. O céu está coberto de nuvens, mas o sol parece mais quente, mais brilhante. Só pode ser a euforia. A euforia de uma bruxa que toma ciência de seu poder. Dane-se o mundo, dane-se minha doença, dane-se minha maluquice. Posso ser meio louca, mas *nenhuma* porta há de se fechar pra mim. Ninguém há de me trancar novamente. Nunca, nunca mais. *Dagaz.*

– Exatamente, Cynthia – murmuro pra mim mesma. – Dagaz...

Continuo a correr e a sensação de estranheza aumenta. Em alguns momentos, é como se eu me deslocasse dentro de um fluido. De repente, me vem uma sensação de estremecimento, como se meu corpo estivesse eletrificado. *Eu abro todas as portas do mundo*, penso, e não sei explicar por que penso isso. *Todas as portas se abrem diante de mim.*

Dagaz!

Faz um calor dos diabos e o céu está decididamente diferente. Não há mais nuvens, o sol tinha se posto. Mas não parece que se passaram apenas alguns minutos após o pôr-do-sol. Parece noite profunda. E a vegetação está… como dizer? Esquisita. Não parecem as plantas típicas de Wicklow. Corro para a estrada principal. Apenas mais um pouco e eu chegarei à casa de Martin. Mas há algo esquisito, deve ser minha memória me confundindo. A estrada está diferente, alguma coisa não está batendo. Só em uma coisa ela me lembra a velha estrada do norte de Wicklow: está vazia. Nenhum carro passa por ela.

Paro por uns segundos no meio da rua, impressionada com a densidade da escuridão. Não devia estar tão escuro, não mesmo. Olho pra cima e vejo o céu, aquele céu escuro cortado por uma discreta lua crescente. Mas não deveria ser minguante? Eu me lembro de uma lua minguante! E não é só isso que me parece fora de lugar. Há também uma estranheza nas constelações. Onde está a estrela polar? Que diabo de estrelas são estas?

Não consigo dar continuidade às minhas especulações astronômicas. Do nada, sem nenhum ruído, vejo um carro diante de mim. De onde ele veio, eu nem faço ideia. Ele está, praticamente, vindo reto em minha direção e eu mal tenho tempo de pensar *me fodi*. Ouço uma mulher urrar:

GEORGE!

Estendo minha mão esquerda num gesto de autodefesa e, instintivamente, grito:

– DAGAZ!

Posso sentir o deslocamento ao meu redor, o súbito choque térmico da temperatura que passa de "muitíssimo quente" para "terrivelmente frio". Não faço ideia de onde eu tinha me enfiado, mas, no último segundo, consigo voltar pra casa e não há mais sinal do carro. Lembra-se de meu conselho sobre magia, no início de meu relato? Pois tome este outro: não abra portas a esmo. Você nunca tem como saber onde exatamente irá parar.

Alguma coisa bate com força na minha cara.

Tudo fica escuro. E eu só consigo pensar:

George? Que George, porra?

11

A consciência vai e volta, mas eu já sei que estou sendo carregada por papai. Ele resmunga sem cessar, como é de seu feitio, e mamãe está ao lado, chorando. Entre um desmaio e outro, consigo pescar partes da conversa:

podia ter sido atropelada! Desmaiada no meio da rua...

...não me interessa o que você acha, não tenho mais confiança nela...

...mas querido, tem certeza que é caso de internação...?

...ligar para doutora Valerie assim que chegarmos em casa...

...vou MATAR aquele preto escroto...!

...essa bolsa que estava com ela, não faço ideia...

Deitam-me no banco de trás do carro. Continuo fraca demais pra manter a consciência, mas tenho certeza de que estou bem acordada quando, tomada pelo terror, posso ver a presença daquela mulher loira da TV sentada também no banco de trás, me olhando com raiva.

Você não desiste mesmo, não é?, vocifera a Rainha de Lethes em minha mente.

Neste ponto, desmaio de uma vez.

12

Passam quinze minutos das onze horas da noite, quando acordo em um quarto de hospital. Para meu profundo alívio, papai não está no quarto, apenas mamãe e a doutora Valerie.

– Você está bem, querida? – pergunta Valerie.

– Sim, estou ótima, só um pouco cansada – respondo.

– Você estava sozinha? – pergunta mamãe.

– Estava. Martin não teve nada a ver com isso, deixem-no em paz.

– Mas, então, de quem é essa bolsa masculina?

– Bolsa?

– Essa bolsa aqui, Cynthia – diz mamãe, balançando a dita cuja diante de mim. É uma bolsa marrom, me parece familiar. – Estava em cima de seu rosto. Quem estava com você?

– Ninguém, eu já disse!

– Mas essa é a bolsa de um homem.

– Muriel... eu acho que... – interrompe Valerie.

– Eu estou vendo, mas não sei de quem é – respondo – O que tem dentro?

Mamãe me encara, em busca de sinais de mentira.

– Um celular bem moderno. E umas notas de um dinheiro estranho – responde ela, retirando um punhado de *reichmarks* de dentro da bolsa. – São notas brasileiras, pelo que posso ver. Tem certeza de que Martin não estava com você, Cynthia? Me diga a verdade, por favor.

Reichmarks? A bolsa de George Becker. A minha bolsa, a mesma que tinha escapulido do carro no momento do acidente, aquele acidente em que eu quase atropelei uma adolesc... ai, meu Deus!

— Por que você fez isso, meu amor? Por que fugiu de novo? Seu pai está tão descontente... — diz mamãe.

No mundo de George... era eu mesma, na estrada! Eu quase atropelei a mim mesma! Dagaz... Dagaz havia aberto as portas entre os mundos!

— Seu pai... — continua mamãe, tentando me tirar de meus pensamentos.

— Eu quero que ele se foda — respondo.

— Cynthia!

— E quero que vocês duas vão pro diabo que as carregue — continuo, impassível.

— Com quem estamos falando? — pergunta Valerie, calma como sempre. — Cassandra ou George?

Eu rio. Na verdade, gargalho. Foi bom ver o recuo temeroso da psiquiatra.

— Não, doutora Valerie, você não está falando nem com George e nem com Cassandra. Você está falando com Cynthia. Eu lembro quem sou eu, mas preferia não lembrar. Lembro que sou filha de um racista de merda que me tranca em casa só porque meu namorado é preto. Lembro que sou filha de uma retardada mental que obedece, submissa, a tudo o que meu "papai" manda. Lembro que sou paciente de uma médica boa, porém limitada, que não faz ideia do que realmente está acontecendo. E, querem saber o que mais? Estou cagando pra vocês duas!

Mamãe parece horrorizada. Valerie, por sua vez, me olha com condescendência.

— Continue — diz a médica.

— Daqui a pouco é meia-noite — digo. — Eu vou dormir e, mais uma vez, tudo terá mudado quando eu acordar.

— Cynthia, já conversamos sobre isso tantas vezes... — suspira Valerie.

– Pois é, mas antes eu não tinha o que tenho agora pra mostrar a vocês. E eu faço questão de ofertar, de bom grado. Porque vocês merecem saber da verdade, antes que essa porra toda mude.

– Ah, sim? E o que você teria para nos mostrar? – pergunta Valerie, com um traço mal escondido de ironia na voz.

– Cheguem mais perto – peço.

Elas se aproximam, mamãe e a doutora Valerie. Eu posso sentir as lágrimas quentes escorrendo em meu rosto, enquanto pego um batom e desenho uma imagem na testa de ambas. Mamãe recua, mas a puxo pra perto. Ela pode até ser idiota, mas é minha mãe, e tenho boas lembranças dela.

– Mas o que é isso, minha filha?

– Deixe, Muriel, deixe-a fazer o que quer – diz Valerie, com aquela complacência irritante.

Após alguns segundos, termino de desenhar a runa da revelação em suas testas. *Ansuz*.

– Entendam que não é que eu não goste de vocês duas. Mas, antes que o dia termine, vocês saberão que eu tenho razão.

– Bem, Cynthia, vai ser preciso mais do que isso – diz Valerie. – Porque, sendo bem honesta, não aconteceu n…

– ANSUZ! – grito, em resposta.

Em mamãe, o efeito é imediato. Valerie resiste por alguns segundos a mais, porém, é inevitável que se junte a mamãe na luz da revelação que apenas Ansuz proporciona. Os olhos das duas se convertem em piscinas de lágrimas. Mamãe principia a chorar. Em Valerie, o efeito é ainda pior: ela começa a gritar e a se debater pelo quarto.

– Lamento de verdade que vocês descubram desse jeito – respondo, enquanto os enfermeiros invadem o quarto e retiram as duas à força.

Dão-me uma injeção pra dormir e eu nem penso em resistir. Dormir é o que eu quero, afinal. É só uma questão de deixar o sono vir e enfrentar mais um novo dia ao mesmo tempo igual e diferente. Só que, desta vez, havia uma diferença extra: eu tinha minhas razões pra sentir medo. Eu havia mesmo irritado a Rainha de Lethes, seja ela quem for. Desenho oito runas de proteção espiritual em vários cantos da cama e do travesseiro, entoo seus nomes e murmuro, antes de sentir a inconsciência me tomar:

– Em mim você não encosta, sua puta.

13

Passam quinze minutos das onze horas da noite, quando acordo em um quarto de hospital. Para meu profundo alívio, papai não está no quarto, apenas mamãe e a doutora Valerie.

– Você está bem, querida? – pergunta Valerie.

– Sim, estou ótima, só um pouco cansada – respondo.

– Você estava sozinha? – pergunta mamãe.

– Estava. Martin não teve nada a ver com isso, deixem-no em paz.

– Mas, então, de quem é essa bolsa masculina?

– Bolsa?

– Essa bolsa aqui, Cynthia – diz mamãe, balançando a dita cuja diante de mim. É uma bolsa marrom, me parece familiar. – Estava em cima de seu rosto. Quem estava com você?

– Ninguém, eu já disse!

– Mas essa é a bolsa de um homem.

– Muriel... eu acho que... – interrompe Valerie.

– Eu estou vendo, mas não sei de quem é – respondo

– O que tem dentro?

Mamãe me encara, em busca de sinais de mentira.

– Um celular bem moderno. E umas notas de um dinheiro estranho – responde ela, retirando um punhado de *reichmarks* de dentro da bolsa. – São notas brasileiras, pelo que posso ver. Tem certeza de que Martin não estava com você, Cynthia? Me diga a verdade, por favor.

Reichmarks? A bolsa de George Becker. A minha bolsa, a mesma que tinha escapulido do carro no momento do acidente, aquele acidente em que eu quase atropelei uma adolesc... ai, meu Deus!

— Por que você fez isso, meu amor? Por que fugiu de novo? Seu pai está tão descontente... – diz mamãe.

No mundo de George... era eu mesma, na estrada! Eu quase atropelei a mim mesma! Dagaz... Dagaz havia aberto as portas entre os mundos!

— Seu pai... – continua mamãe, tentando me tirar de meus pensamentos.

— Eu quero que ele se foda – respondo.

— Cynthia!

— E quero que vocês duas vão pro diabo que as carregue – continuo, impassível.

— Com quem estamos falando? – pergunta Valerie, calma como sempre. – Cassandra ou George?

Eu rio. Na verdade, gargalho. Foi bom ver o recuo temeroso da psiquiatra.

— Não, doutora Valerie, você não está falando nem com George e nem com Cassandra. Você está falando com Cynthia. Eu lembro quem sou eu, mas preferia não lembrar. Lembro que sou filha de um racista de merda que me tranca em casa só porque meu namorado é preto. Lembro que sou filha de uma retardada mental que obedece, submissa, a tudo o que meu "papai" manda. Lembro que sou paciente de uma médica boa, porém limitada, que não faz ideia do que realmente está acontecendo. E, querem saber o que mais? Estou cagando pra vocês duas!

Mamãe parece horrorizada. Valerie, por sua vez, me olha com condescendência.

— Continue – diz a médica.

— Daqui a pouco é meia-noite – digo. – Eu vou dormir e, mais uma vez, tudo terá mudado quando eu acordar.

– Cynthia, já conversamos sobre isso tantas vezes... – suspira Valerie.

– Pois é, mas antes eu não tinha o que tenho agora pra mostrar a vocês. E eu faço questão de ofertar, de bom grado. Porque vocês merecem saber da verdade, antes que essa porra toda mude.

– Ah, sim? E o que você teria para nos mostrar? – pergunta Valerie, com um traço mal escondido de ironia na voz.

– Cheguem mais perto – peço.

Elas se aproximam, mamãe e a doutora Valerie. Eu posso sentir as lágrimas quentes escorrendo em meu rosto, enquanto pego um batom e desenho uma imagem na testa de ambas. Mamãe recua, mas a puxo pra perto. Ela pode até ser idiota, mas é minha mãe, e tenho boas lembranças dela.

– Mas o que é isso, minha filha?

– Deixe, Muriel, deixe-a fazer o que quer – diz Valerie, com aquela complacência irritante.

Após alguns segundos, termino de desenhar a runa da revelação em suas testas. *Ansuz.*

– Entendam que não é que eu não goste de vocês duas. Mas, antes que o dia termine, vocês saberão que eu tenho razão.

– Bem, Cynthia, vai ser preciso mais do que isso – diz Valerie. – Porque, sendo bem honesta, não aconteceu n...

– ANSUZ! – grito, em resposta.

Em mamãe, o efeito é imediato. Valerie resiste por alguns segundos a mais, porém, é inevitável que se junte a mamãe na luz da revelação que apenas Ansuz proporciona. Os olhos das duas se convertem em piscinas de lágrimas. Mamãe principia a chorar. Em Valerie, o efeito é ainda pior: ela começa a gritar e a se debater pelo quarto.

– Lamento de verdade que vocês descubram desse jeito – respondo, enquanto os enfermeiros invadem o quarto e retiram as duas à força.

Dão-me uma injeção pra dormir e eu nem penso em resistir. Dormir é o que eu quero, afinal. É só uma questão de deixar o sono vir e enfrentar mais um novo dia ao mesmo tempo igual e diferente. Só que, desta vez, havia uma diferença extra: eu tinha minhas razões pra sentir medo. Eu havia mesmo irritado a Rainha de Lethes, seja ela quem for. Desenho oito runas de proteção espiritual em vários cantos da cama e do travesseiro, entoo seus nomes e murmuro, antes de sentir a inconsciência me tomar:

– Em mim você não encosta, sua puta velha...

zero

Abro os olhos, estou mais uma vez de volta à cachoeira. Quantas vezes estive neste lugar, já perdi a conta. É uma das únicas coisas que jamais se modifica entre uma história e outra: a maldita cachoeira luminosa e a droga da fila de espíritos flamejantes prestes a terem suas memórias apagadas. Passa pela minha cabeça a ideia de mergulhar naquela merda. Acabaria com todo o sofrimento. Permitiria-me, simplesmente, curtir a ilusão e os benefícios da ignorância. E eu, talvez, tivesse feito isso, não fosse o chamado:
– Cynthia! – grita alguém.

– Cynthia! Você está aqui? – chama outra pessoa.

Saio da fila e ando um pouco, até dar de cara com outras duas silhuetas luminosas.

– Cynthia...? – sussurra uma delas. Reconheço a voz no ato.

– Mamãe?

-... sou eu... – responde a silhueta – Valerie está comigo.

– Cynthia? Só posso estar sonhando – diz Valerie.

– Garanto que não está, doutora – respondo. – Escutem, fiquem aqui um minuto, preciso encontrar alguém. Não vão pra cachoeira, ok? Ocorra o que ocorrer, não entrem na cachoeira.

Não é preciso andar muito tempo gritando por Stephanie, até que uma silhueta se aproxima de mim e pergunta:

– Cassandra...? É mesmo você?

– De certo modo – digo. – Você é Stephanie?

– Ah, meu amor, senti tanta saudade! – diz a voz, com um tom de quem chora – Foi horrível, Cassandra, horrível! Eu acordei no meio da rua, na China, e eu era um mendigo! Um mendigo, Cassandra!

Eu tentei explicar para as pessoas o que estava acontecendo, mas ninguém acreditava em mim... Bateram tanto em mim... Eu queria tentar te encontrar pela internet, como você sugeriu, mas eu não tinha... eu não tinha dinheiro... Oh, Cassie...

– Psssiu, não chore, querida – respondo – Já passou, já passou. Ninguém vai mais bater em você. Mas precisamos de um plano melhor. Venha, venha comigo. Você encontrou Gabriel/Justin por aqui?

– Estou aqui, senhor George – diz alguém bem atrás de mim.

– Ótimo! Venham comigo. Vamos tentar uma coisa.

Reunimo-nos bem longe da fila. Somos muitos: eu, Stephanie, Justin/Gabriel, mamãe e a doutora Valerie. Eu sei o que sou capaz de fazer e, desta vez, não deixarei passar. Eu posso não ter mais os poderes de Cassandra.

Mas eu tenho outros.

– Deem-se as mãos – peço – Isso, muito bem! Farei um encanto rúnico de reunião. Onde quer que reencarnemos, não importa quão distante seja, o destino tratará de nos reunir. Não mergulhem na cachoeira. E, onde quer que vocês despertem ou como despertem, não tenham medo. Nós iremos nos encontrar antes do crepúsculo.

– Se a realidade muda, como nos reconheceremos? – pergunta Valerie. Sempre racional, a doutora Valerie.

– Podemos combinar uma senha – diz Stephanie.

– *Billy Jean* – respondo. – A música de Michael Jackson é uma das únicas coisas que existe em todas as realidades. Vocês conhecem?

Em resposta, todos cantarolam:

– *Billie Jean is not my lover / She's just a girl who claims that I am the one / But the kid is not my son...*

– Mas isso é ridículo! – diz Valerie.

Sorrio, embora meu sorriso não possa ser visto, uma vez que meu rosto havia se convertido em pura luz tremeluzente. É um bom plano, mas eu tenho que ser rápida. Já dá pra ouvir o som que parece o de uma máquina de debulhar trigo. *Ela* está chegando.

A bruxa de Lethes. Entoo os nomes das runas necessárias, evoco todas as proteções possíveis e imagináveis, um escudo nórdico inquebrantável. Evoco o poder da reunião para que possamos nos encontrar sem esforço. E, é claro, conclamo o poder de *Raidho*, para que possamos fazer uma boa viagem.

Então, a Rainha de Lethes chega. Voando, pois que não caminha sobre a terra como uma reles mortal. Ela é a única que não parece uma silhueta de luz tremeluzente. Dentre todas, ela é a única pessoa cuja imagem é bem definida. A Rainha possui a forma clara e distinta de uma loira alta de semblante impiedoso.

– Se você pensa que vai continuar fazendo isso, está muito enganada – diz ela.

– Não soltem as mãos – respondo.

– O que você está tentando fazer? Como você consegue fazer isso? – pergunta a Rainha de Lethes.

– Eu poderia te fazer a mesma pergunta, mas acho que você não vai responder, sua vaca.

– Você não entende – diz ela. – Eu só estou tentando consertar as coisas e você está me atrapalhando.

– Ah, é mesmo? Pois não espere cooperação de minha parte, enquanto não me explicar tudo muito bem explicado.

– Você é interessante – responde ela, parecendo não estar ofendida. – É um fenômeno interessante. Poderíamos ser amigas. Amantes, talvez.

– Mas nem fodendo!

A Rainha de Lethes flutua sobre nós. Minhas companheiras se encolhem de terror, com exceção da doutora Valerie. Ela se mantém na mesma firme posição e, mesmo sem conseguir divisar sua expressão, eu consigo perceber o que ela sente. A cientista de sempre, tentando analisar as coisas com o máximo de racionalidade.

– Bem, você não me deixa escolha, me desculpe – declara a Rainha. E, então, ela voa como um torpedo em nossa direção.

Mamãe grita e eu grito de volta:

— Não soltem as mãos! Não soltem! *FUTHARK! FUTHARK! FUTHARK!*

Evoco as sete mais poderosas letras rúnicas ao mesmo tempo, as letras que formavam a expressão F.U.T.H.A.R.K., e uma esfera de luz azul envolve meu grupo. A Rainha de Lethes se choca contra o globo, emitindo um ruído seco, como o de um corpo que se bate contra um muro de rochas. É delicioso ver a cara de espanto dela.

— Mas o quê...? — murmura a Rainha. — Como...?

É chegada a hora do *gran finale*: a runa branca. O símbolo do destino, da roda kármica que liga as múltiplas encarnações, as raízes de Yggdrasill, a Árvore do Mundo. Nunca, jamais use essa runa, a não ser que você saiba bem o que está fazendo. Pois é ela o salto no abismo.

— *WYRD!* — grito o mais alto que pude. — *WYRD! WYRD! WYRD! WYRRRRRRRD!*

A cachoeira luminosa e meu próprio grupo, a Rainha de Lethes e toda a fila de espíritos submissos, tudo se desfaz em uma explosão branca além, muito além de qualquer coisa que possa ser descrita. Talvez o *Big Bang* tenha sido assim. Quem haveria de saber?

1

**San Severino Marche,
14 de janeiro de 2015.**

Você agora sabe o que eu sei:

Todos os dias, você acorda e ao menos uma certeza serve de alento diante das inseguranças da vida: você tem um passado. Você se lembra do que fez ontem; provavelmente, tem muitas lembranças sobre meses e anos anteriores e, ainda que nem tudo fique bem registrado em sua memória, você confia nos registros fotográficos e eventuais diários que escreve. Como suplemento, ainda é possível contar com os *feedbacks* das pessoas próximas. Goste ou não disso, as maiores referências sobre quem você é são os outros. Somos todos dependentes uns dos outros, é por meio deles que sabemos quem somos e quem não somos.

E se eu insistir que tudo isso é mentira? Você vai rir de minha cara depois de tudo o que aqui contei? Pois pode rir, não tiro suas razões, mas eu repito mesmo assim: é mentira. Quer a verdade? Ao acordar, hoje, todas as lembranças que você tem foram criadas no exato momento em que seus olhos se abriram. Você não era você, até despertar. A história pregressa, tanto a sua quanto a do mundo inteiro? Criada hoje, assim que seus olhos se abriram. A diferença entre nós é que você foi agraciado com a ignorância. Eu, em contrapartida, estou morrendo de medo desde que meus olhos se abriram. Eu sei que existe uma força tão poderosa, aparentemente uma mulher, capaz de recriar a realidade um dia após o outro. Essa mulher está bastante irritada comigo.

E eu não paro de pensar nisso desde que meus olhos se abriram novamente.

Eu sei, eu sei, você vai dizer que é tudo ficção, afinal, você está lendo um livro de fantasia. Só que *não é fantasia* e essa foi a única forma que encontrei para fazer as pessoas entenderem depois de tudo o que aprendi: *a realidade é ficção, e vice-versa*. Por isso, escrevi este livro de fantasia. Quem haveria de acreditar em mim, se fosse escrito como história real?

A explosão branca ainda reverbera em minha mente, após gotas bem finas de chuva cumprirem o papel involuntário de me acordar. Por razões que, por enquanto, desconheço, estou dormindo ao relento, em frente a uma velha estação de trem. A reencarnação fez seu trabalho aleatório e, mais uma vez, sem explicações, sou do sexo masculino e retomo a vantagem de fazer xixi em pé. Não comemoro. Não há nenhuma razão para comemoração quando se está numa situação como a minha.

A redefinição de realidade é criativa desta vez. Se, até ontem, eu era uma jovem adolescente irlandesa, tudo ricocheteou para o diametral oposto. Nem preciso de um espelho para saber que, agora, sou um homem velho. Minhas mãos enrugadas já revelam o suficiente sobre mim. Não há nem sinal de carteira de identidade em meu bolso, lamento não poder me apresentar devidamente. Prometo que o farei assim que me for possível.

Eu cheiro a bebida. Sinto-me como se tivesse entornado galões e galões de vinho. Apalpo meu rosto e o tato me revela não apenas uma farta barba, como cabelos compridos, crespos e volumosos, repletos de fios brancos. Levantar é difícil, estou de ressaca. Tento novamente e não consigo. Na terceira tentativa, um rapaz surge do nada e me oferece uma mão.

– Permita-me ajudá-lo, padre – diz ele e, em três palavras, uma biografia é parcialmente desvelada. Eu agora sou um padre. Ontem, era uma bruxa *teen*.

– Obrigado, obrigado, meu filho – respondo, em um idioma que ainda não sei qual é. Parece italiano, mas é um pouco diferente do italiano das outras realidades por onde passei. Um dialeto, talvez?

Caminhamos lado a lado sem dizer uma só palavra, por cinco minutos. Não faço ideia de aonde devo ir; então, sigo o rapaz e isso é o que faço sempre: enrolo e vou levando, até a memória se instalar.

Ele não se importa em ser seguido; às vezes, me olha e sorri um sorriso triste. A intuição me diz que estou fazendo tudo certo, eu devo segui-lo. Para onde? Nem faço ideia. Mas a Cynthia que ainda sou não é burra e sabe representar papéis.

Uma senhora gorda e barulhenta está abrindo a cafeteria da estação de trem. Ela liga o rádio e, facilmente, identifico a música: *Billy Jean*, de Michael Jackson. Impossível que isso seja mera coincidência, é a senha combinada! Eu estou curiosa, digo, curioso para saber se o feitiço de reunião que conjurei antes de reencarnar funcionou a contento. Ponho-me a cantarolar a música, sorrindo para a senhora da cafeteria. Se ela for a doutora Valerie, mamãe ou Stephanie, corresponderá no ato. Mas a tal senhora apenas sorri, achando graça de mim, e continua a varrer o chão. Em frente ao bar, uma faixa publicitária imensa quase me faz cair de cara no chão: *Grande apresentação de Michael Jackson em San Severino Marche! Heal the World! 14 de janeiro de 2015, no Teatro Feronia!*

– Padre, o senhor perdeu sua correntinha – diz o garoto, me olhando estranho. Faz sentido. Meu pescoço está nu e, se sou padre, eu deveria estar usando um crucifixo.

– Pois é, acho que sim. Que chato… – respondo.

– Vamos passar lá em casa antes de irmos pra Igreja e eu pego uma correntinha extra pro senhor. Não vai pegar bem entrar no templo assim – sugere o rapaz.

– Me diz uma coisa: esse show de Michael Jackson vai ser aqui perto? – pergunto.

– Bem perto, padre – ri o menino. – Vai ser no Teatro Feronia, ora.

Ele é um bom garoto, gosto dele. Não sei seu nome, não sei o que faz da vida, ignoro que tipo de relação tenho com ele, mas é isso: gosto dele. Acho que ele também gosta de mim, pela forma como me olha, embora eu entreveja piedade em seu rosto.

– O senhor precisa parar de beber, padre – dispara ele, olhando para o chão.

– Eu sei. Vou me esforçar – prometo, representando meu papel.

Ele sorri. Bom menino.

Caminhamos pela cidade que ainda não conheço, cujos detalhes e histórias cedo ou tarde brotarão em minha consciência. Quantas cidades carrego dentro de mim? Nem faço ideia. O lado ruim de ser cliente involuntário de uma agência de turismo metafísica é que não nos deixam tirar fotos. Há os registros que escrevo, só que, até agora, não os encontrei e não sei o que fazer. Cynthia está viva em minha memória, mas Cassandra e George são apenas nomes para mim. Em algumas horas, talvez nem isso eles sejam mais.

Uma placa me confirma o nome da cidade como sendo exatamente a do show de Michael Jackson: San Severino Marche, Repubblica di Hésperos. Nunca ouvi falar de um país chamado "Hésperos", mas tudo bem. Conforme venho tentando explicar nos relatos de todas as minhas existências, a maioria das coisas muda de uma realidade para a outra, é quase tudo contingencial, mas algumas poucas coisas existem sempre. Às vezes, acontece de um país existir com as mesmíssimas fronteiras em todas as realidades, mas o nome muda. Tudo me parece bem italiano, por aqui. Talvez, nesta realidade, a Itália se chame Hésperos. E Hésperos é um charme, com toda essa arquitetura medieval, um ar puríssimo, temperatura fria, mas não tanto, e pessoas madrugadoras que caminham pelas ruas sem pressa. Parecem felizes. Gosto da ideia de ter renascido num lugar feliz.

Venta muito, é bem cedo, mas um grupo de crianças já está jogando futebol em uma encruzilhada. Um dos meninos, o mais alto e furioso, dá na bola um chute poderoso, sem perceber que estou em sua linha de frente. Recuo por instinto, sentindo o vento fustigar meu rosto, mas nada me atinge.

Dagaz.

– Padre, desculpe, não vimos o senhor! – diz o garoto, envergonhado. – O senhor viu pra onde foi a bola?

– Não... não vi, menino, desculpe!

– Que sorte, padre! – diz o rapaz a quem sigo. – Achei que

a bola fosse bater em sua cabeça! Onde ela foi parar?

– Não faço ideia... – murmuro, em resposta. Não há, realmente, sinal algum da bola.

Chegamos à casa do rapaz e somos recebidos por sua mãe. Ela me trata como uma visita querida e especial, sorri sem parar e mantém uma distância respeitosa. Oferece-me café, bolinhos, pães, me entope de comida. Aceito tudo, pois estou morta, digo, morto de fome mesmo. O álcool deve ter feito um rombo em meu estômago. Tão logo a comida preenche o vazio, sinto minhas forças voltarem.

Logo em seguida, o garoto...

*Ettore. Sua mãe o chama de Ettore...*chega com uma correntinha extra. Estende a mão e diz:

– Toma padre, pode ficar com esta cadeirinha pro senhor.

Cadeirinha?

Pego a corrente e quase desabo pra trás. A corrente, fina e parecendo folheada a ouro, ostenta uma pequena cadeira elétrica com a imagem de Nosso Senhor Jesus Eletrocutado.

2

Levo um tempinho até encontrar um computador com acesso à internet, mas, felizmente, havia um em meu claustro eclesiástico. O maquinário parece mais avançado do que o de minha vida anterior como Cynthia. Depois disso, foi tudo muito rápido: meu nome desta vez é Ercole Boccardo. Nasci na Sardegna. Ordenei-me padre aos vinte e três anos, tenho sessenta e oito agora e vivo em San Severino Marche desde que me entendo por gente. A enciclopédia virtual Panopticon confirma minhas suspeitas: Hésperos é mesmo a Itália com outro nome, mas, neste mundo, a Córsega é italiana, ou melhor, hesperiana, e não francesa. Como em todas as realidades, há coisas contingentes (o nome da Itália, como eu disse, aqui é outro) e coisas imutáveis (aquele merda do Hitler também existiu aqui, mas – ufa! – Michael Jackson também).

Porém, nada disso é mais interessante do que a singularidade deste mundo: nesta realidade, Jesus Cristo foi crucificado e, quase dois mil anos depois, retornou. Ou *dizem* que ele teria retornado.

A história em si é bizarra. Acompanhe:

Cinquenta anos atrás, na República do Texas, uma adolescente desapareceu por doze dias diante dos colegas de escola, após uma luz prateada incidir sobre ela no pátio do colégio, exatamente às 3:33 da tarde. Todos falavam em sequestro, embora ninguém soubesse explicar o evento luminoso, e psiquiatras trabalhavam com a hipótese de histeria coletiva. O problema é que a garota reapareceu no décimo segundo dia na fronteira com a República do Novo México.

Ela estava nua, dançando. E estava grávida de nove meses.

Não lembrava de nada, coitadinha, parecia meio pirada. Falava em Anjos do Senhor, falava em trombeta divina, não parava de cantar hinos e se recusava a comer, até que, literalmente, subiu pelas paredes ao entrar em trabalho de parto. Havia filmes do ocorrido. Ela tinha *mesmo* subido pelas paredes, parecia uma cena de filme de terror. E, então, pariu um menino. Batizou-o de Jesus e, segundo laudos médicos, o garoto não tinha nada de estranho em sua fisiologia. Para todos os efeitos, era tão humano quanto qualquer um de nós.

Esse Jesus cresceu saudável e inteligente. Com oito anos, declarou-se a reencarnação do mesmo Jesus Cristo que fora crucificado há dois mil anos, e saiu pelos Estados Desunidos aloprando geral. Não era nada manso, esse Jesus. Pregava contra o capitalismo e foi, prontamente, acusado de ser comunista-marxista-pós-modernista, mas a maioria das pessoas nem ligava para o que ele dizia. *Esquizofrênico como a mãe*, fofocavam. Tornou-se *persona non grata* em quase todas as cidades americanas por onde passou e terminou refugiado em Porto Rico, onde criou um culto de seguidores mais dispostos à fidelidade. As instituições religiosas tradicionais acusavam-no de ser um farsante herético, mesmo após ele demonstrar alguns… como dizer? Poderes. Havia todo tipo de relato em torno desse novo Jesus e essa parte era bastante nebulosa, pois qualquer tentativa de filmá-lo ou fotografá-lo incorria em resultados distorcidos. Diziam que ele causava interferência em campos eletromagnéticos. Considerando os relatos orais, seus fiéis seguidores relatavam tê-lo visto flutuar, incendiar coisas com a mente e também era telepata. Só não ressuscitou gente morta, porque dizia que essa parte era um exagero histórico.

O novo Jesus era um ativista político e lutava contra a pena de morte, defendia gays e lésbicas e escandalizou meio mundo ao criar um apostolado de doze indivíduos, sendo que duas eram mulheres transexuais. Por conta de sua disposição incansável para desagradar a parcela mais conservadora da sociedade norte-americana, Jesus sofreu três atentados em um espaço de apenas dois anos, mas escapou ileso de todos. Ironia das ironias, tentavam matar Jesus em nome de Jesus. Não espere que eu tente me aprofundar nesse paradoxo, pois, se ele era quem dizia ser, fico eu a me perguntar: voltou pra quê, criatura? Não o compreenderam antes, e não iam compreendê-lo agora. Teria sido melhor mandar um e-mail.

Aos trinta e dois anos, Jesus era um fenômeno pop: tinha trinta milhões de seguidores na principal rede social deste mundo, a Friendscore.

Aí vem a parte estranhíssima: ao completar trinta e três anos, o novo Jesus, aparentemente, escolheu morrer. Na verdade, não sei como classificar o que ele fez, ou por que o fez. O lance é que havia um psicopata canibal, um sujeito completamente louco chamado Jeffrey Lionel Dahmer, condenado à morte na cadeira elétrica. Segundo consta, o novo Jesus teria visitado o assassino e, após uma sessão de *reiki*, teria consertado o cérebro avariado de Dahmer. *Ele não é mau, apenas tinha um parafuso solto e eu coloquei tudo no lugar*, disse o novo Jesus.

Ao que parecia, o tal Dahmer havia passado por uma mudança nada trivial – para melhor – após a visita do suposto filho de Deus. *A fome macabra me abandonou*, relatou Dahmer à imprensa.

Ninguém acreditou. Quem acreditaria? Nem eu mesmo acredito. Mas há uma coisa que aprendi, após centenas de vidas: nenhuma ficção é capaz de competir com a realidade.

Jesus não "curou" nenhum outro psicopata, limitando-se a Dahmer. Quando questionado sobre isso, declarou em uma entrevista (cuja imagem, como sempre, saiu tremida):

– Misteriosos são os desígnios dela.

Dela?

Chegou, então, o dia da pena capital de Jeffrey Lionel Dahmer. Sentenciado à cadeira elétrica, ele parecia nem ligar. *Tudo o que importa é que encontrei a paz*, dizia ele.

Multidões protestavam ao redor do planeta: *Soltem Dahmer! Dahmer está curado!* Até a mãe, Deus do céu, a *própria mãe* de um rapaz devorado por aquele completo maluco estava lá, protestando pela vida de Dahmer. Tudo em vão. O carrasco conduziu o americano à cadeira elétrica, prendeu-o bem firme e, diante de uma plateia de mais de vinte pessoas, acionou a descarga. E foi então que a filmadora pifou. As testemunhas dizem ter visto uma explosão branca e ficaram cegas por quinze segundos.

Quando a visão de todos retornou, não era Dahmer quem ocupava a cadeira e, sim, o tal Jesus. Dahmer havia desaparecido, nunca mais foi visto, e Jesus morreu eletrocutado no lugar dele.

Essa foi a única imagem nítida obtida daquele tal "novo Jesus": morto por eletrocussão.

Descubro que há uma mensagem gravada do suposto messias, disponível na internet deste mundo. Assisto ao filme. Nele, uma imagem distorcida, que parece ser de um homem com cabelos compridos, discursa:

– Peço que me perdoem pela distorção da imagem, mas isso é involuntário e incontrolável, pois misteriosa é a minha frequência eletromagnética – diz o tal Jesus. – Não fiquem tristes, pois tudo aconteceu do modo como deveria acontecer. Eu não poderia viver mais do que trinta e três anos do seu planeta, pelo menos não nesta experimentação de realidade. Essa é uma regra do jogo, e seria bem complicado explicar tudo pra vocês agora. Peço apenas que tenham fé e lutem contra a pena de morte. Nenhum ser humano deveria poder tirar a vida de outro. Quem comete erros precisa de cura, não de vingança. Também comam menos sal, açúcar e gordura. Vocês exageram nisso! Beijos e até a próxima!

Antes de desligar o vídeo, o tal Jesus se volta para a câmera novamente, parece sorrir (quem haveria de ter certeza, com aquela imagem distorcida?) e diz:

– Eu sei, eu sei que é difícil de acreditar. Mas entendam de uma vez: há poderes misteriosos operando, poderes que vocês não compreendem. Ela está tentando, mas ainda não conseguiu fazer as coisas serem totalmente certas. Mas ela irá continuar mudando tudo, persistência não lhe falta, ela é tão tola quanto poderosa. Beijo, beijo, tchau! No próximo capítulo, duvido que eu volte! Tentem se virar sem mim!

Ela irá continuar mudando tudo. Tão tola quanto poderosa.

Poucos anos depois, segundo informa a internet, dissidentes da Igreja Católica reconheceram aquele Jesus como o retorno do filho de Deus e trocaram os crucifixos por cadeirinhas elétricas. Seria este o novo símbolo e lembrança daquele que morreu por nós. Pensando bem, que diferença faz? Instrumento de tortura por instrumento de tortura, a cadeira elétrica é bem mais atual e a Igreja deste mundo é bem antenada com as novidades!

O maluco bem pode ter sido um mágico muito habilidoso. Mas eu duvido que fosse apenas truque. Nada podia explicar a súbita gravidez de nove meses de sua mãe ou o desaparecimento completo de Jeffrey Lionel Dahmer. Ninguém sabia para onde o assassino teria ido. Sobre isso, a única pista era um bilhete assinado supostamente pelo novo Jesus: *enviei-o para outro sistema solar, onde ele será mais feliz.*

Não me pergunte por que, mas eu acho tudo isso familiar demais.

Ah, esse Jesus não ressuscitou no terceiro dia. Ou, melhor dizendo, não há certeza sobre isto. Seu cadáver sumiu, é verdade.

Talvez, tenha ido para outro sistema solar.

3

Fico aliviado ao chegar em meu apartamento eclesiástico (olha lá a cadeira elétrica enorme, pendurada na parede!) e encontrar as anotações sobre minhas vidas pregressas dentro de uma Bíblia na gaveta do criado mudo. As histórias de George Becker, Cassandra Johnson e Cynthia estavam lá, preservadas no diário plurilíngue.

Representar o papel de padre não vai ser tão difícil. Eu tive pais católicos ontem e me lembro bem de algumas coisas, mas nem tudo está acessível. Como se reza uma missa, por exemplo? Eu poderia me negar a ministrar as missas, alegando que me sentia mal. Peço licença aos demais servos da Igreja, presto uma reverência à imagem do homem eletrocutado gigantesco pendurado na parede atrás do altar e saio para passear pela cidade.

– Padre, não esqueça que, daqui a duas horas, o senhor ouvirá as confissões! – grita um noviço.

Essa parte seria fácil. Eu só teria que ficar sentado, ouvindo as bobagens alheias, absolveria todo mundo e mandaria as pessoas rezarem uns troços.

Venta muito, e venta forte.

Dagaz?

A cidade é linda, mesmo com aquele vento intenso, esquisito. As pessoas me cumprimentam com simpatia, pelo visto sou um padre bastante querido.

– Hoje é um dia estranho, padre – diz uma velha que vende frutas cítricas numa feira. – Acho que Deus está zangado.

– Por que diz isso, minha boa senhora? – pergunto.

– O senhor não está sabendo? Choveram sapos em Ancona! Estou dizendo pro senhor, Deus está zangado!

É mesmo inusitado, mas não inexplicável. Eu já tinha lido sobre isso, em alguma realidade por onde passei: tufões carregam sapos de um pântano qualquer e, depois, os bichos desabam do céu.

– Misteriosos são os caminhos do Senhor – digo.

– É, padre, mas isso não é tudo!

– Ah, não?

– Não mesmo! Não, senhor! Sabe a velha Letizia? Ela acordou hoje aos gritos, possuída pelo que parece ser o espírito de uma mulher morta.

– O que aconteceu?

– A velha Letizia... Ela não reconhecia a própria filha, padre! Ficaram todos assustados! Ela dizia que o nome dela era Stefania, ou algo assim...

Meu Deus! Stephanie!

– ...e gritava como uma louca, chamando por uma tal de Cassandra! – continua a senhora.

Inteiramente arrepiado, seguro a mulher pelos ombros e disparo:

– Onde ela está? Aonde a levaram?

– Acho que pro hospital em Macerata, padre! Onde mais? – responde ela, olhos arregalados a me encarar.

Deixo a senhora e corro o mais rápido que posso na direção da ferrovia. Inútil. Ao chegar lá, descubro que o próximo trem para Macerata só sairia dentro de duas horas. Eu não sei (ou não lembro como) dirigir, e não há serviço de táxi na cidade. Será preciso esperar.

Decido passear pelos arredores e, nesse ínterim, tomo um sorvete de limão que é a coisa mais gostosa já provada em minhas últimas realidades. Ele é delicioso, justamente, porque fazia frio, mas não muito, a medida exata capaz de fazer um sorvete ainda ser agradável. Ainda absorto em meus pensamentos, ouço o som distinto de uma ave berrando. Diante de mim, sobre a mesa da sorveteria, um papagaio me olha. Aquilo já seria esquisito por si só, mas não tão estranho quanto o fato de eu ver, do outro lado da rua, uma transexual imensa de cabelos azuis dando um beijo nos lábios de uma ruiva. O casal dá as mãos e, antes que eu possa gritar por elas, viram a esquina e somem como se nunca tivessem existido.

– Você viu aquilo? – pergunto para a dona da sorveteria – Você viu aquelas duas na outra calçada?

– Mãe misericordiosa de Nosso Senhor Eletrocutado! Eram fantasmas?

– Fantasmas! Fantasmas! – repete o papagaio.

– Então a senhora as viu?!

– Claro que vi! Elas estavam lá e, do nada, sumiram!

– Fantasmas! – diz o papagaio.

– Cala a boca, Alfredo! - diz a mulher - Como essa ave fala, Deus do céu! Padre, hoje é um bom dia pra abençoar de novo nossa cidade! – e, dizendo isso, a mulher se fecha dentro da sorveteria fazendo o sinal da cadeira elétrica.

Procuro o papagaio com o olhar. Eu tinha uma intuição sobre tudo aquilo.

Aproximo-me com cautela, procurando não assustar a ave. Quando o estou quase alcançando, um vento forte sopra, fazendo minha batina esvoaçar como a saia de Marilyn Monroe. Quando para de ventar, dou-me conta de que o papagaio havia sumido.

– Mas que diabos... pra onde você foi? – pergunto.

A pergunta é retórica. Claro que sei o que tinha acontecido: em algum lugar de outra realidade, na Irlanda, uma pequena feiticeira havia aberto uma porta. *Dagaz*. Portas foram abertas e eu não tinha mais como fechá-las. A lembrança da magia rúnica já se evapora de minha memória, na mesma proporção em que a liturgia cristã preenche meu vazio mental.

Se tudo continuar como parece estar ocorrendo, diversas outras portas se abrirão. Eu não poderei controlá-las, será impossível contê-las. Sim, eu posso sentir em meus ossos: as portas não param de abrir, criadas por um feitiço adolescente cujo comando ecoa através das realidades.

E assim será até que um mundo desabe sobre o outro, grita a memória de Cynthia dentro de mim. Quem haverá de chorar pela Terra devastada por suas próprias incontáveis possibilidades? Creio que ninguém. Talvez, a vida humana seja, enfim, uma coisa superestimada. Talvez, tenha chegado o momento de dar um basta a tanto barulho, a tanta fúria. Talvez, o Universo não aguente mais ser redesenhado.

Ao menos o Sol, ele sim, permanecerá onde deve estar.

Ao menos o Sol.

4

Por mais uma hora, ainda ansioso, caminho pelas vielas de San Severino enquanto aguardo o trem que me levará até Stephanie "reencarnada" em uma velha no hospital de Macerata. É o suficiente para que a natureza de padre Ercole se reorganize dentro de mim, convertendo Cynthia em recordação distante. Enquanto passeio pela cidade, volta e meia paro e ponho minhas lembranças no papel, seguindo a estratégia das vidas anteriores. Já tenho páginas e páginas sobre Cynthia, mas ela me parece mais um personagem inventado do que alguém que eu de fato tivesse sido ontem.

Preciso confessar que, desta vez, a própria personalidade de Ercole já é suficiente para tentar me convencer de que minhas aventuras passadas tinham sido apenas um sonho ruim. Eu sou um padre mas, ao contrário do que muita gente pode pensar, autoridades eclesiásticas podem ser bastante céticas, sobretudo no que diz respeito ao que não está prescrito em seu conjunto de crenças. É um ceticismo seletivo, claro, já que acreditamos na existência de uma pessoa nascida sem fecundação, capaz de andar sobre as águas e voltar da morte. No presente caso, adicione o fato de nós acreditarmos que Jesus retornou ao mundo e foi mais uma vez assassinado com requintes modernos, em uma cadeira elétrica. Após dois mil anos, continuamos assassinos, só aperfeiçoamos as técnicas.

Mas, e aqui devo confessar, eu não tenho certeza se acredito *mesmo* em tudo que o credo cristão defende. Eu sou uma pessoa comprometida com a filosofia cristã, não tenha dúvida alguma disso, e ela havia sido envolvente o suficiente para me fazer decidir pela vocação eclesiástica. Eu acredito em todo o lance de perdoar, cuidar dos desvalidos, acredito na existência de Deus (e do demônio) e em vida após a morte (embora tenha sérias dúvidas a esse respeito).

O problema são os milagres. As descrições me parecem tão forçadas quanto a ideia de eu estar migrando de uma realidade para a outra e assumindo não apenas novos corpos, como também novas essências. É esse aspecto cético de minha personalidade que me faz desconfiar bastante do que eu mesmo escrevo. Cynthia, Cassandra e George mais parecem um sonho velho.

  O que me fez persistir na certeza de que há algo acontecendo? Talvez essa dúvida lhe passe pela cabeça. A resposta é: as ruas. As coisas que eu vi nas ruas estreitas de San Severino Marche.

  Note bem, San Severino é uma cidade tão, mas tão pequena, que é possível caminhar por ela toda ao longo de algumas horas. É uma cidade feita para pedestres, embora, de vez em quando, as tradicionais vespas de Hésperos surjam, aqui e ali, com seus condutores elegantes e mulheres de nariz em pé. Andar por San Severino é como andar por um labirinto, onde todas as ruas estreitas conduzem ao mesmo núcleo central: uma praça ampla em forma de peixe com duas fontes separadas.

  Aproveito-me da memória desta vida ainda não devidamente instalada e me perco de propósito por suas vielas, admirando as portas antigas, a arquitetura medieval e os gatos gordos nas janelas das casas. As ruas são bem estreitas, de modo que, em alguns lugares, nada mais largo do que um carro é capaz de passar. Passa um pouco do meio-dia e, dado que é inverno, as pessoas estão recolhidas em casa, se aquecendo.

  Se houvesse mais gente na rua, eu poderia compartilhar tudo o que estou testemunhando. Por exemplo: tenho poucas dúvidas de que a bola desaparecida dos garotos que jogavam futebol horas atrás era a mesma bola que eu vi rolando no quintal ontem, quando eu ainda era Cynthia. Quanto ao papagaio, posso apostar que o bicho havia sido sequestrado por certo vento metafísico que o conduziu a Wicklow.

  A bem da verdade, a interseção das realidades parecia já estar acontecendo há tempos. Eu é que não tinha me dado conta, até então. Vejamos as evidências: de acordo com os escritos de George, ele quase tinha atropelado uma garota adolescente que surgiu do nada na estrada e, por isso, capotou o carro. Por causa disso, Julia morreu. Ontem, enquanto eu ainda era Cynthia, quase fui atropelada por um carro que surgiu do nada e eu tenho certeza (digo, Cynthia tinha certeza) de que ouvi uma mulher gritar "George!". Pensar nisso fazia a minha cabeça doer. Eu quase tinha atropelado a mim mesmo? A minha presença em uma estrada na Irlanda fez com que eu capotasse o carro numa outra existência no Brasil?

Quem eu sou de verdade, afinal? E será que essa pergunta cabe? Será que, em algum momento, cabe o "de verdade?"

E se os mundos estão se encontrando a partir de interseções e encruzilhadas, por que o processo havia se tornado mais intenso agora? Talvez, por causa de Dagaz e suas portas. Por causa das encruzilhadas. San Severino Marche é uma cidade repleta de encruzilhadas.

O que poderia ser apenas uma suspeita paranoica tinha assumido contornos bastante sólidos depois que eu vi Cassandra – ou seja, eu mesmo – encontrando Stephanie do outro lado da rua. Amaldiçoo-me por não ter sido mais ágil e corrido na direção delas, mas, pensando melhor, sei que não faria sentido algum. Aquela precisa cena do encontro entre Cassandra e Stephanie havia ocorrido sem que nenhum padre as interceptasse.

Pois a coisa piora. Há outras interseções. Eis que, caminhando pelas ruas da cidade, me deparo com um homem vestindo um uniforme nazista. Ele está de pé em uma encruzilhada, olhando em torno com um ar confuso. É, claramente, algum oficial da realidade de George Becker. Aceno para o homem e ele me vê. Seguimos, um na direção do outro, estou fascinado. É incrível encontrar uma pessoa deslocada de seu próprio universo, é a prova definitiva do que estou contando aqui. Estamos quase nos alcançando, estamos a menos de dez metros um do outro, quando um vento forte sopra...

Dagaz!

...e eu protejo o rosto. Ao descobrir os olhos, vejo que o nazista não está mais lá. Ele teria deixado um sabor de ilusão, não fosse a velha senhora na janela de uma casa perto da encruzilhada.

— Senhora! — chamo — Ei, senhora! O homem com a farda nazista... a senhora viu o homem com a farda nazista vindo na minha direção?

— Sim, claro que sim! Pensei que fosse um daqueles colecionadores de antiguidades da segunda guerra.

— Eu estou ficando louco ou ele apenas desapareceu?

A velha senhora tem os olhos arregalados e a pele, que já era branca, parece pálida como cera.

— Eu... Pra falar a verdade, eu não sei, padre. Vi que ele caminhava na sua direção, mas soprou um vento forte e eu desviei o olhar. Ele sumiu, mas pode apenas ter virado aquela esquina ali.

— Pode ser. É, ele pode mesmo ter dobrado a esquina... — respondo, sem a menor convicção.

— Padre... eu... — a senhora dá uma pausa longa e, então, continua — Eu fico até com vergonha de perguntar, mas... o senhor acredita em fantasmas? Será que aquele homem era um fantasma?

Eis uma pergunta que demonstra, por si mesma, que a sensação de irrealidade não é só minha.

— Minha senhora — respondo, distraído, na verdade meio que pensando alto — Não acho que ele seja um fantasma, mas tenho quase certeza de que, para ele, nós é que somos. Nós e toda a cidade ao redor.

A velha não entende nada. Abençoados sejam os ignorantes.

5

Por volta das duas da tarde, retorno à ferrovia só para descobrir que não haveria mais trens para Macerata naquele dia. Um acidente inexplicável havia ocorrido com os trilhos: um trecho simplesmente desaparecera. Ninguém sabia explicar como seria possível roubar mais trezentos metros de trilhos de trem de uma hora para a outra, mas eu bem suspeitava que alguém não queria que eu encontrasse Stephanie em Macerata. E eu bem poderia apostar que esse alguém era uma mulher alta e loira, conhecida como "Rainha de Lethes".

Volto para a igreja, frustrado. Espero tentar descolar algum motorista, uma carona, o que for. Dou-me conta de ter esquecido que aquela era a hora das confissões, antes da missa das seis. Identifico dez ou onze cabeças de pessoas sentadas nos bancos mais próximos ao altar, mas não cumprimento ninguém. Sei que estou atrasado. Por mais que uma parte minha insista que isso é inútil e não faz sentido algum cumprir meus deveres já que tudo se desfaria após adormecer, a personalidade de Ercole é responsável demais. Pessoas esperam por mim, pessoas cheias de pecados para redimir. Eu não as deixarei esperando. Poderei atendê-las ao longo das próximas horas e irei procurar Stephanie após o pôr-do-sol. Pedir uma carona durante a missa, alegando desejo de visitar a velha Letizia, seria uma excelente estratégia.

Arturo, um coroinha de dezesseis anos, me ajuda a organizar as coisas antes de ir ao confessionário.

— Estou atrasado, preciso ir logo conversar com essa gente — comento.

— Vieram menos hoje do que na semana passada, padre — diz Arturo.

— Está ventando muito forte, nunca vi algo assim! Parece o fim do mundo!

— Bem, vamos lá.

— Padre, acho bom avisar o senhor...

— Pois não, Arturo? Avisar o quê?

O garoto parece preocupado.

— É que... são duas coisas...

— Então, diga, meu filho!

— É que... eu não sei como dizer...

— Diga com a boca, ora!

— Padre, eu sei que vai parecer loucura, mas, até algumas horas atrás, eu estava confuso, com as memórias de outra pessoa em minha cabeça! – diz o garoto, quase chorando.

Meus pés subitamente são como pedra.

— Memórias de quem? Do quê você lembra? – pergunto.

— Padre, minha avó tem mal de Alzheimer... será que eu estou ficando maluco?

— Do quê você lembra, Arturo? – insisto, tocando com gentileza o rosto do garoto.

— Eu lembro... eu acho que sonhei que... que eu era uma psiquiatra francesa...

— Valerie?! O nome era Valerie?

Arturo me encara como se tivesse levado um tapa na cara.

— Mas como o senhor sabe, Padre?

— Valerie, sou eu, Cynthia!

— O quê? Mas...

— Arturo, me escute bem. Me escute com atenção: suas lembranças são reais. Tem alguém mudando a realidade todos os dias, entende? Você me entende?

— Padre, eu não sei...

– Você sempre foi teimosa mesmo! Mas veja, veja, eu tenho como provar o que digo, Valer... Arturo. Escute, vamos fazer o seguinte: você acha que consegue um carro com motorista que possa nos levar a Macerata após a missa?

– Eu... eu acho que sim. Meu primo Pietro...

– Ótimo, Arturo. Ótimo. Diga ao seu primo Pietro que nos apanhe em frente à igreja exatamente às 19:00

– Padre, o senhor está me assustando...

– *Billie Jean is not my lover* – canto – Você lembra disso? Me diz que você lembra!

– Ai, meu Deus... – choraminga o garoto – Lembro, acho que lembro... A gente tinha combinado... combinado uma senha!

– Grande Valerie! Digo, muito bem, Arturo! Escute, garoto, eu sei que você está assustado, mas entenda que você não é o único. Outras pessoas lembram, como eu e você. Você não está ficando doido, entendeu?

– Mas... o que a gente vai fazer, Padre Cynthia?

Eu rio. Ainda há doses demais de Valerie no jovem Arturo.

– O que vamos fazer eu não sei, mas sei que precisamos reunir todos os que lembram. Nossas recordações, por alguma razão, são a fraqueza da responsável por tudo isso: a Rainha de Lethes.
Você se lembra dela, não lembra?

– A loira alta com olhos de gelo no sonho com a cachoeira?

– Exatamente ela – respondo, abraçando o garoto. Eu mal consigo me conter de tanto alívio e felicidade. Não estou mais sozinho.

– Padre... Aí que está: a segunda coisa que eu precisava te dizer...

– Sim?

– Sua prima veio se confessar – diz Arturo.

– Minha... prima?

– Sim, sua prima Laura.

A mera citação do nome faz a ficha cair nas memórias de Ercole: minha prima por parte de pai, Laura Boccardo. Uma moça jovem, devia ter menos de vinte anos. Havia sido diagnosticada como esquizofrênica há sete anos. O hospital psiquiátrico ficava em Roma e fazia tempo que eu não encontrava a pequena Laura. Eu teria preferido reencontrá-la em outra ocasião, mas, se ela queria se confessar, eu teria de atendê-la.

– Ah, sim – digo – Irei vê-la, obrigado.

– Mas Padre, é que... – balbucia Arturo/Valerie.

– Algo errado?

– Eu... não sei dizer. É que sua prima, ela... ela me lembra alguém. Vai lá e veja o senhor mesmo. Pode ser só uma impressão.

– Ok. Posso confiar que seu primo Pietro nos pegará após a missa?

– Se a gente for pra Macerata e voltar no mesmo dia, sim.

– Ele tem compromisso depois?

– O show de Michael Jackson, Padre – diz Arturo, ainda com aquela cara de medo – Todo mundo vai no show do Teatro Feronia. Se o que o senhor diz está mesmo acontecendo... Não é coincidência demais que o autor de nossa senha esteja aqui, hoje?

Não, não é.

Eu o havia invocado sem querer, com a runa da reunião. *Ansuz.*

– O senhor vai ao show, Padre?

– Pode apostar que sim, Arturo. Pode apostar que sim.

6

Por uma hora e meia, vejo-me submerso na realidade ordinária e pacífica de padre Ercole. Gostaria de dizer que ouvi confissões mirabolantes em meu ofício, mas, lamento decepcionar, só ouvi tolices, miudezas. As pessoas se atormentavam de verdade por aquelas tolices: desejo pelo vizinho casado, furto de duzentas liras da carteira da mãe para levar a namorada ao cinema. Maus pensamentos pelo vizinho que toca violino como quem estraçalha um gato. Masturbação. *Ego te absolvo*, em nome do Pai, do Filho e do Espírito Santo, vá pra casa, faça o sinal da eletrocussão e reze cinco Pais Nossos e cinco Salve Rainhas.

Luto pra não pegar no sono, quando, então, sinto um cheiro bom. Não bem um perfume, ou, ao menos, não um perfume que se possa comprar em lojas. É mais como o cheiro agradável de uma mulher que havia tomado banho e usado um sabonete de menta, algo assim. Entrevejo a moça pelo gradil do confessionário. Ela usa um véu azul sobre os cabelos e se ajoelha.

– Padre Ercole, eu tenho pecado muito nos últimos tempos – diz ela, sem rodeios.

– Todos nós, minha filha. Todos nós. Pode falar, estou escutando.

– Eu tenho tentado falar com Deus, mas ele nunca me responde.

Sufoco o riso e quase engasgo.

– Bem, minha filha, Deus sempre nos escuta, mas não fala com todos.

– E como podemos saber se ele nos escuta, se não responde?

Eis uma boa pergunta.

— Você pode obter as respostas que ele tem pra dar a partir dos sinais diários, minha filha. Lembre que uma das qualidades divinas é a onisciência. Deus sabe de tudo.

— Se ele sabe de tudo, por que permite a existência do mal?

— Minha filha, essa é uma questão metafísica que atravessa os séculos. Compreendo que tais dúvidas abalem sua fé. Você não está sozinha nisso. Grandes santos, como Agostinho, se questionaram bastante sobre esse tema. Agostinho, por exemplo, dizia que o mal não existe. O que existe é o bem que não compreendemos. Mas tudo fará sentido no final.

Do lado de fora do confessionário, ouço a moça rir. Não soa como uma risada de escárnio. Parece um riso nervoso.

— Mas padre, aí que está o problema: não existe o final.

— Não compreendo.

— Eu caminhei adiante no tempo por bilhões e bilhões de anos, padre. Vi estrelas explodirem ou, simplesmente, morrerem com a melancolia de uma velha fogueira. Vi novas estrelas surgirem sei lá pra quê, criando planetas dos mais variados tamanhos em torno de si, com o mesmo tédio de quem faz rabiscos numa folha de papel. Em alguns mundos, havia vida. Na maioria, havia nada. Deus, ao que parece, gosta de espaços vazios e prefere o silêncio dos desertos inorgânicos ao barulho que fazemos em nossas orações diárias. Talvez, por isso, ele não as atenda. Do meu ponto de vista, padre Ercole, Deus não tem a menor ideia do que está fazendo.

— Minha filha... — respondo, sentindo um fio de suor descer pelo pescoço. — Acho que você está confusa.

— Confuso está você, padre — diz a moça e eu sinto como se meus intestinos fossem desabar. — Vou repetir: Deus não sabe o que faz. Por isso, resolvi ajudá-lo. Ora, eu tenho tentado ajudá-lo há pelo menos doze mil e quinhentos dias 14 de janeiro de 2015, mas não tenho conseguido nada. *Nada* — ruge ela entre os dentes. — Por mais que eu faça, tudo termina em desordem sem sentido. Talvez juntos, eu e você consigamos fazer alguma coisa.

Com um supetão, abro o gradil do confessionário e quase não consigo sufocar o grito.

– Chega de ficarmos correndo um do outro como gato e rato, padre Ercole – diz a moça.

Sei quem ela é. É a Rainha de Lethes. E, ao mesmo tempo, de modo inexplicável, é minha prima, Laura Boccardo. Minha própria prima Laura é, de fato, sob todos os aspectos, fisicamente idêntica à Rainha de Lethes. Tento elaborar algum pensamento coerente, mas tudo o que sai de minha boca são balbuciares apatetados:

– Você... Você, saia daqui! Não chegue perto! – digo, sem saber o que poderia fazer, caso ela se recuse a me obedecer. Não disponho mais dos poderes de Cynthia.

Laura retira o véu da cabeça, soltando aqueles fartos cabelos loiros e me encara com um ar de profundo cansaço. Não, ela não me parece arrogante, nem com raiva. Apenas farta. Sinto-me tonto, como se fosse desmaiar e, então, volto meus olhos para o teto da minha igreja. Ato reflexo de pedido de socorro a um Deus que, eu bem sabia, não me atenderia. Laura está certa, claro que ela está.

Mas, veja você: às vezes, a gente passa a vida em um lugar e não repara nos detalhes. A igreja de San Severino Marche não é diferente de qualquer outra em Hésperos: murais ilustrando o sofrimento de Nosso Senhor Eletrocutado, imagens de santos, o de sempre. Mas aquela igreja – a *minha* igreja – tem uma pintura no teto que contrasta com os murais de sofrimento nas paredes. O teto é azul e mostra a representação de astros coloridos em torno da Terra. *Júlia teria gostado deste teto cosmológico*, penso, lembrando de minha namorada numa de minhas infinitas vidas anteriores.

Laura estende a mão em minha direção, atravessando a parede do confessionário como se ele fosse feito de fumaça. Ora, talvez o mundo inteiro seja feito de fumaça! Fascinado e hesitante, estendo a mão e a toco. Ela parece relaxar e sorri um sorriso triste.

– Acho que deveríamos dar um passeio – ela diz.

– Aonde vamos?

– Para todos os lugares, padre Ercole. Para todos os lugares. Diga-me: você já quis saber como era no princípio?

– *No princípio era o verbo e o verbo era Deus. E Sua face resplandecia sobre o abismo* – recito, ainda sem entender o que está acontecendo.

Laura sorri, acaricia meu rosto e diz:

– Faça-se a luz.

E a luz se faz. Vejo o teto se aproximar. Vejo a pintura dos planetas ganharem vida, como se fossem tridimensionais e não apenas um afresco. Vejo San Severino Marche do alto e ela é que se convertera em pintura, a imagem bidimensional chapada de uma cidade repleta de encruzilhadas. Acho que estou gritando de susto. Devo estar gritando, claro que estou, minha boca está aberta, mas nenhum som sai.

Faz sentido, já que o som não se propaga no vácuo.

7   Lugar nenhum.

Quando eu era ainda adolescente, em minha vida como Ercole, minha família costumava passar os verões nas praias da República da Sicília. Eram dias divertidos e quentes, às vezes, mais quentes do que divertidos, mas, em cada um deles, eu sempre me espantava com o tamanho do sol nas auroras de Agrigento. Lembro-me de acordar antes de todo mundo e caminhar até o Vale dos Templos, apenas pra ver a aurora em toda sua imensidão. O sol era maior em Agrigento, eu tinha certeza disso.

Tio Giovanni insistia que não, que a coisa toda não passava de ilusão de ótica comum quando o sol nasce ou se põe. Ele costumava ser bastante didático.

– O que acontece, Ercole, é o seguinte: quando você olha para o horizonte, você tem elementos para comparar ao sol. Você tem prédios, você tem árvores, montanhas... É a presença do que é pequeno que lhe permite perceber quão grande o sol é. Não há comparação com nada quando o sol está no alto do céu; daí, ele parece menor.

– Mas, aqui, em Agrigento, ele é maior quando nasce do que em outros lugares! – eu dizia.

– Garoto, em Roma, você, por acaso, acorda antes no nascer do sol?

– É, tio... Na verdade, não.

– Mesmo que acordasse! Não é fácil ver o nascer do sol em Roma. A magia de Agrigento, garoto, se faz por conta de suas férias.

...

Eu, Ercole Boccardo, eu que um dia fui Cynthia, Cassandra e George, me encontro no espaço, flutuando diante do sol em toda a sua indiferente imensidão. Queria ver a cara de tio Giovanni agora.

Bem, talvez, ele dissesse que eu, assim como sua filha Laura, apenas enlouqueci. Ele sempre soube que a filha era louca. Maluca do pior tipo: daquelas loucuras que contaminam, que grudam na pele da gente e nos fazem perguntar "será...?"

Laura foi concebida numa dessas férias em Agrigento. Foi uma gravidez horrorosa, lembro disso. Volta e meia, mamãe recebia telefonemas de tia Maria, longos telefonemas cheios de lágrimas, medo e dor. *Tem alguma coisa errada*, queixava-se tia Maria. O parto, confirmando suas impressões, não foi nada normal. Mas Laura nasceu saudável, ao menos até onde os olhos podiam ver e os instrumentos médicos podiam medir. Os problemas se revelaram à medida que minha prima se tornava mais velha.

Eu tinha, então, vinte e dois anos e, confesso, nunca fui próximo de Laurinha. Não me aproximei nem quando tio Giovanni morreu em algum tipo de bizarro acidente elétrico, quando ela era ainda adolescente. Eu me limitava aos tradicionais telefonemas de aniversário e Natal para tia Maria. A vocação sacerdotal já tinha me atraído e a maior parte de meu tempo era dedicada ao noviciado. Se vi Laurinha cinco vezes, nos últimos vinte e três anos, foi muito. A última foi há alguns anos, antes de ela ser internada pela terceira ou quarta vez. Esquizofrenia é uma doença bem persistente. *É infeccioso*, insistia tia Maria, mesmo com todos os médicos dizendo que não era. *É sim*, ela insistia.

Talvez, seja. De que maneira eu posso explicar o fato de me ver flutuando diante do sol, como se ele estivesse mais próximo do que deveria? Talvez, tia Maria tivesse alguma razão e a loucura de minha prima Laura Boccardo houvesse me contaminado.

O problema é perceber o quanto a loucura pode ser... pacífica. À parte estar flutuando no vácuo do espaço, não sinto grandes emoções. Nenhum pensamento surpreendente passa por minha cabeça. Eu não me sinto Napoleão, nem estou pensando em mim como a reencarnação de Jesus. Eu apenas estou aqui, parado, flutuando diante do sol e a única coisa que me passa pela cabeça são as lembranças de minhas auroras em Agrigento. Faz tempo que eu não sinto tanta paz. Minhas existências anteriores como George, Cassandra e Cynthia haviam sido bastante agitadas. Mas, agora, encarnado como padre Ercole, estou experimentando a mais tranquila das alucinações.

Você não está alucinando – diz a voz de Laura, diretamente dentro de minha cabeça. Não consigo vê-la, mas sei que ela está por perto.

Bem, acho que não estou – respondo, também em pensamento. A tentativa de falar é frustrada pela percepção de que, não mais de que repente, eu não tenho boca (ou braços, ou pernas, ou cabeça). Continuo: *Se eu estivesse alucinando, creio que não estaria tendo pensamentos racionais como, por exemplo, "de que modo eu posso estar tão perto do sol e não ter sido ainda fulminado pelo calor?".*

Laura apenas ri. Não parece haver nada de insano naquela risada e – sei que pode soar contraditório – é isso o que eu acho assustador. Tudo me parece perfeitamente normal.

Temos brincado de gato e rato há um bom tempo – Laura diz. – *Eu gostava de pensar que eu era o gato, mas da última vez as coisas se inverteram. E aqui estamos nós.*

Nós sempre fomos primos? – pergunto. – *Quero dizer... em todas as outras vidas?*

Ah, não, claro que não! – responde ela. – *Só nos tornamos primos desta vez, graças ao seu encantamento. Você, da última vez, fez algum tipo de invocação de reunião. Eu não tive escolha a não ser atender, Ercole. A realidade agora é esta: você e eu somos sangue do mesmo sangue.*

E quanto às outras pessoas? O encantamento envolveu outras pessoas.

Dê tempo ao tempo. Eles voltarão à sua vida.

Você está furiosa comigo, ou algo assim? – pergunto.

Não, não estou zangada! – diz Laura. Ela parece sincera. – *Eu antes via você como um incômodo, como um problema. Eu estava errada. Talvez, a solução para o que preciso esteja em gente como você.*

O que você quer dizer com "gente como eu"?

Gente que resiste, que lembra dos outros mundos.

Há outros como eu? – pergunto.

Oh! Tantos outros! Você achou mesmo que fosse o único? – diz Laura, rindo. *– Veja: se uma coisa existe, é porque existe outra de natureza similar. Como você, há um em cada mil, provavelmente. Gente que todos os dias, quando acorda, lembra que as coisas não são como eram ontem. Gente que, por razões que me escapam, resiste à tentação de apenas esquecer. Mas você é um dos que mais trabalho me deu. E, talvez, seja aquele que pode me ajudar.*

Ajudar você? – eu rio, mas de nervoso que estou. *– Que tipo de ajuda eu posso dar a alguém capaz de redesenhar o mundo todos os dias e me fazer flutuar em torno do sol? E você poderia fazer o favor de se mostrar? É esquisito falar com alguém que eu não posso ver.*

Por poucos segundos, que parecem muitos, não há resposta. Confesso que chega a passar por minha cabeça a ideia de que Laura, a Rainha de Lethes, tivesse arquitetado a suprema vingança: me fazer orbitar em torno do sol pelo resto da existência, incapaz de dormir. Incapaz de mudar de realidade. Ela poderia fazer isso, se quisesse. Aposto que sim. Ela continuaria empenhada em sua louca brincadeira de modificar o mundo um dia após o outro. A minha inconveniente existência estaria eliminada da equação.

Subitamente, contudo, eu vejo. Vejo uma silhueta humana surgir bem no meio do sol, avançando em minha direção com grande velocidade. A imagem fica mais nítida a cada segundo e, sem esforço, identifico a figura de minha prima Laura. Leva em torno de quatro minutos, mas lá está ela bem diante de mim. Sorrindo. Sorrindo, como se tivesse acabado de cruzar comigo, por acidente, numa rua qualquer. Deus que me perdoe, mas ela parece um anjo caído.

Todos os anjos são caídos, Ercole. Não existe nada mais decadente do que um anjo – responde ela, lendo meus pensamentos.

O que é você? – pergunto.

Uma viajante do tempo, uma viajante que quer melhorar as coisas. E, no presente mundo, sua prima. Vire-se, primo. Vire-se e me diga o que você vê.

Como eu poderia me virar, se não tinha corpo? Eu havia sido reduzido a um olho que a tudo observava. Então, me vem à mente a ideia de *pensar* em me virar. Parece funcionar, já que eu não vejo mais o sol diante de mim. Tampouco entendo o que vejo. À minha frente, desponta o tecido negro do espaço e, sobre ele, o que parece ser um colar. Um colar com muitas contas azuis.

O que é isso? – pergunto.

É a Terra. Nosso mundo.

Mas... são muitos mundos. Um grudado no outro.

Em verdade, "grudado" não é uma boa uma representação da cena. As contas parecem parcialmente enfiadas uma dentro das outras, formando um colar de pérolas azuis.

Laura ri.

Você realmente acredita que todas as histórias da Terra caibam, inteiras, em apenas um mundo? Que exista apenas uma história? Eu achava que você tivesse aprendido alguma coisa após tantas vidas!

Você quer fazer o favor de parar de falar em enigmas e me explicar essa merda toda de uma vez? – digo, sem disfarçar minha irritação.

E Laura, sem titubear, me conta uma história que me liberta. Libertará você também, se você não tiver medo das implicações...

8

  Veja você, querido primo, que, em qualquer lugar por onde você passe, em qualquer realidade onde você tenha vivido, um problema filosófico se desvela: o que, na existência, é contingência? O que é necessidade? Sobre esse tema, debruçaram-se filósofos de várias versões do planeta Terra. Algumas coisas parecem necessárias: todo planeta precisa ter forma esférica, essa é uma constante física. Não encontraremos mundos cúbicos, para onde quer que olhemos, e eu mesma jamais os vi em nenhuma das milhões de Terras alternativas por onde passei. As contingências, porém, parecem ser mais presentes do que as necessidades. Apesar de todos os mundos serem esféricos, apenas alguns têm vida conforme a conhecemos. Marte é vermelho por contingência, Saturno tem anéis por contingência. Às vezes, Marte tem vida. Às vezes, ela já foi extinta.

  Observe, Ercole, que, mesmo que pensemos em coisas não-físicas, terminamos nos deparando com o conflito entre contingência e necessidade. Veja a morte, por exemplo. Ela parece ser uma necessidade da existência, enquanto as formas de vida são todas contingenciais. Mas, talvez, a morte seja, ela mesma, uma contingência. Algumas formas de vida são virtualmente imortais. Se não forem predadas, vivem por tempo indefinido. É o caso da Turritopsis dohrnii, apenas para dar um exemplo. Essa espécie de água-viva só morre se for ferida gravemente.

  E o que dizer das pessoas, Ercole? Eu nunca soube dizer o quanto elas eram importantes, até navegar de um mundo ao outro. Veja você: em todos os mundos, você é diferente. Mas, de um modo curioso, você ainda é você em todas as vidas. Um padre hesperiano. Uma adolescente irlandesa pagã. A transexual inglesa paranormal.

Um neonazista brasileiro. Uma dançarina espanhola. Mendigo mexicano. Príncipe sudanês. Prostituta australiana. Escritor indiano. Um adolescente canadense banal. Você pode ser qualquer coisa, primo. Sua existência foi abençoada pelas contingências. Eu, por outro lado, estou fadada a ser sempre eu mesma.

Pergunto, interrompendo:

Assim como Michael Jackson, Jesus, Hitler e outros?

Sim, Ercole, sou como eles, embora eu não seja nada famosa e exista nas sombras das viagens no tempo – diz Laura – Por alguma razão que me escapa, algumas pessoas sempre existem. Algumas coisas sempre acontecem. Há contingência e necessidade mesmo em algo tão temporário e fugidio quanto a existência humana.

Algum ponto em comum entre essas pessoas que sempre existem? – pergunto.

Sim. Elas desempenham funções históricas importantes que precisam existir em qualquer mundo.

E quanto a você? Qual é a sua função, afinal?

Laura sorri um sorriso triste.

Não sei. Desconheço o porquê de minha sempre-existência. Queria muito descobrir. Tenho dedicado minha vida a encontrar um modo de eliminar o sofrimento. Por todos os mundos por onde eu passe, sempre há sofrimento e desordem. Pretendo criar o mundo perfeito, mas admito que estou ficando cansada.

Eu rio. Começo a gargalhar no vácuo do espaço, mas o som só se propaga em minha própria mente e se transmite para a dela.

Qual é a graça? – pergunta Laura.

A graça? Você! Você é a graça! Como pode uma criatura tão poderosa ser tão idiota?

Eu sei, eu sei que estou brincando com fogo, mas Laura apenas flutua e me olha com ar de indiferente curiosidade. Seus olhos não transmitem raiva ou ofensa. Ainda bem. Ela poderia me destruir ali mesmo, se assim quisesse, me enviando para o coração do sol.

Você me acha tola? Por quê? – pergunta ela.

Você diz que é uma viajante do tempo. Me responda: o que há no fim? Ou você só zanza pelo passado?

Não existe fim, Ercole. Na maioria das vezes, os universos se encerram em escuridão por menos de um segundo e se recriam em uma nova singularidade. Em outras, contudo, os universos se infectam com inteligência e se tornam oniscientes.

O universo inteiro se torna um ser? Você viu isso acontecer?

Sim. Às vezes, sim. Mesmo quando o universo apenas morre, ele renasce novamente e, em algum momento, se torna inteligente.

E o que esse "ser" faz quando desperta, Laura?

Cria novos mundos – ela diz.

E como ele faz isso? – pergunto.

Ele apenas conta uma história, Ercole. Imagina um mundo. Usa a palavra. No início, é o verbo, sabe? No início, é sempre o verbo.

As coisas que Laura diz soam quase familiares. Reverberam em um aspecto de minha mente que eu só poderia chamar de "intuição". Digo, então:

Bem que eu desconfiava. Tive muito tempo pra pensar sobre isso, graças a você. Me tire outra curiosidade: o que acontece quando um escritor cria um mundo imaginário?

Não existem "mundos imaginários", Ercole. Todos os mundos criados são reais.

A Guerra dos Mundos, de H. G. Wells, é real? – pergunto.

Tanto quanto eu e você, Ercole.

Drácula, de Bram Stoker?

Sim. Eu já estive lá. – ela diz.

Até Guerra nas Estrelas, naquele universo onde o som se propaga no vácuo?

Laura ri e diz:

Sim, também. Os universos têm suas regras próprias. Suas leis próprias.

E você procura o melhor universo de todos? É por isso que sempre imagina um mundo novo, Laura? Você quer o melhor dos mundos?

Sim, Ercole. Basicamente, é isso.

A mim, parece que você quer colher uma flor antes que ela desabroche, Laura. Se você me diz que alguns universos se tornam entidades inteligentes, plenas e pacíficas, essa perfeição que você busca acontecerá enfim. Não só isso: você me diz que esses universos-deuses, quando despertam, criam novos mundos.

Sim, eles fazem isso.

Pois então! Pelo visto, Laura, nem o perfeito aprecia a perfeição e começa tudo de novo. Só seres imperfeitos, como você e eu, procuram a perfeição. Nós somos como números no problema de Siracusa. Sabe? Antes de ser padre, pensei em ser matemático.

Laura parece intrigada.

Do que trata o problema de Siracusa? – ela pergunta.

É algo, aparentemente, banal, mas que dá um nó na cabeça dos matemáticos, por não ser algo que seja possível provar ou refutar, dado que os números são infinitos. Pegue um número natural qualquer. Se for ímpar, multiplique por três e some mais um. Se for par, divida por dois. Não importa qual número você escolha, o resultado será sempre igual a um.

Por exemplo: trinta e sete? – diz ela.

Trinta e sete é ímpar. Multiplique por três, some mais um e obtenha cento e doze. Cento e doze é par, divida por dois e obtenha cinquenta e seis. Cinquenta e seis é par, divida por dois e obtenha vinte e oito. Vinte e oito é par, divida por dois e teremos quatorze. Quatorze é par, divida por dois e teremos sete. Sete é ímpar, multiplique por três, some mais um e teremos vinte e dois. Vinte e dois é par, divida por dois e teremos onze. Onze é ímpar, multiplique por três, some mais um e obtenha trinta e quatro. Trinta e quatro é par, divida por dois e teremos dezessete. Dezessete é ímpar, multiplique por três, some mais um e obtenha cinquenta e dois. Cinquenta e dois é par, divida por dois e obtenha vinte e seis. Número par de novo. Divida por dois e obtenha treze. Treze é ímpar, multiplique por três, some mais um e obtenha quarenta. Quarenta é par, divida por dois e obtenha vinte. Par de novo. Divida por dois e obtenha dez. Novamente, par. Divida por dois e obtenha cinco. Cinco é ímpar, multiplique por três, some mais um e obtenha dezesseis. Divida por dois e obtenha oito. Divida por dois e obtenha quatro. Divida por dois e obtenha dois. Divida por dois e... ufa... voltamos ao um! Não importa o labirinto por onde os números se enfiem, no fim, tudo se torna um!

Qualquer número natural escolhido levará sempre a um? Toda complexidade se transforma em unidade no problema de Siracusa? – pergunta ela.

Aparentemente, sim. Não importa de qual número você parte, tudo no final é igual a um. Mas ninguém consegue provar isso, nem refutar. Talvez com os universos aconteça o mesmo: não importa o processo, o resultado é o retorno à unidade. Pelo que entendi, você procura alcançar um estado das coisas que acontecerá naturalmente, Laura. Temos o universo 456, o universo 32, o universo 17532143, mas todos eles resultam em um.

Laura permanece em silêncio por alguns segundos. Atrás dela, o sol cospe labaredas. Impossível dizer o que se passa na cabeça maluca dela e eu começo a temer sua eventual reação. Por outro lado, estou farto disso tudo. Ela pode me atirar no sol, se quiser. Pode desintegrar meus átomos. Eu não me importo mais. Estou cansado.

Mas ela não faz nada disso. Ela apenas sorri, estica a mão, segura meu braço e diz:

Acho que lhe devo um presente, primo Ercole.

E tudo ao meu redor explode, sem fazer som algum.

9

San Severino Marche, 14 de janeiro de 2015.

Quando o escândalo de cores e luzes se dissipa, me vejo sentado em uma das cadeiras nobres do Teatro Feronia.

Diante de mim, um rapaz negro toca seu violão. Michael Jackson canta *Billie Jean*. Deus do céu, ele está especialmente bonito com aquele cabelo estilo *black power* anos 70, aquele cabelo que ele nunca abandonara.

Uma mão segura a minha. É a mão cheia de manchas de uma senhora idosa que me olha com lágrimas nos olhos.

– Cassandra?

– Stephanie?

A senhora firma as unhas em meu braço, desesperada, quase tirando sangue.

– Sou eu! Sou eu!!! Cassie, eu não mergulhei na cachoeira! E eu lembrei... me lembrei de outras coisas... Eu também sou Júlia... Sou tantas outras pessoas, como pode ser isso?! Eu fiz o que você me pediu, Cassie! Gritei por você... mas me amarraram e me levaram pra um hospital! E, agora, eu estou aqui! Como eu vim parar aqui?

– PSIU! – reclama alguém à nossa frente.

– Escute, Steph, fale baixo – peço. – Fale baixo e segure minha mão. Vai acontecer alguma coisa, eu não sei o quê, mas estou com medo de ter dito algo que a Rainha de Lethes não gostou de ouvir.

– Você a encontrou? E ela não tentou destruir você?

– Acho que foi ela que nos colocou aqui.

– Mas por quê?

– Não faço ideia, Steph. Mas segure minha mão.

Michael Jackson desliza seus dedos rápidos pelo violão, cantando com a suavidade de um passarinho. Está maravilhoso, lindo como nunca o vi em nenhum universo:

She told me her name was Billie Jean, as she caused a scene,
Then every head turned, with eyes that dreamed of being the one,
Who will dance on the floor in the round.
People always told me: be careful what you do
And don't go around breaking young girl's hearts.
Billie Jean is not my lover...

A canção continua por mais alguns minutos e eu penso: "será que ele sabe?". Como que adivinhando meus pensamentos, ele olha na minha direção, sorri e dá uma piscadela.

Claro que ele sabe. Ele é necessário. Os necessários sempre lembram. Eu é que sou uma contingente aberração da natureza.

Ao fim do espetáculo, ao sair do teatro, dou de cara com Laura Boccardo parada na praça principal, diante de uma das duas fontes gêmeas. Stephanie/Júlia, em sua nova encarnação como uma senhora de oitenta anos chamada Letizia, se encolhe, tremendo de encontro ao meu corpo.

– Esse era o presente? – pergunto – O show do MJ? Eu gostei, obrigado!

– Na verdade, não. Isso você teria de qualquer jeito, primo. Você já tinha comprado ingressos para o show dele, nessa vida – diz Laura.

– E o que é, então?

– Vá pra casa e durma, padre Ercole... primo. Nos veremos na cachoeira.

Dito isso, Laura nos dá as costas e caminha sem pressa na direção das ruas estreitas de San Severino Marche, desaparecendo nas sombras, como era de sua natureza.

10

Dormir é custoso sob diversos aspectos. Primeiro, porque eu precisei passar horas acalmando Letizia, a senhora idosa que era o novo invólucro da essência de Stephanie e de Júlia. Ela estava trêmula de tanto medo de dormir, medo diante da ideia de se deparar, mais uma vez, com a Rainha de Lethes. Com uma boa dose de chá de camomila e alguma conversa, consegui relaxá-la e ela adormeceu, enquanto eu sorria e pensava na ironia: amei você em duas vidas e acho que ainda amo nesta, mesmo com este corpo, agora arruinado pela idade. Talvez, seja assim que a gente saiba que é amor. O verdadeiro amor nunca é "por causa de", ele é sempre "apesar de".

A maior dificuldade foi convencer a mim mesmo de que eu precisava dormir. Não adiantaria lutar contra. Cedo ou tarde, eu adormeceria. De qualquer forma, não parecia haver razão concreta para temer Laura. Ela parecia ter ficado satisfeita com nossa conversa filosófica em órbita do sol.

Talvez ela não tenha ficado zangada – penso.

E, com três longos suspiros, adormeço.

zero

Lá está ela novamente: a cachoeira. A mesma fila de sempre, as mesmas pessoas caminhando sem questionar na direção das águas que lavam a memória. Grito por Stephanie, grito por Julia, ninguém responde.

– Você sempre grita tão alto assim? – diz uma voz atrás de mim.

É Laura.

– Você veio garantir que eu entre na cachoeira?

– Eu não posso forçar você, mas recomendo que você entre. Não lembrar de nada ajuda na transição.

– Você vai criar um mundo novamente?

– Vou.

– Você não aprendeu nada, não é?

– Acredite: aprendi.

– Você não acha escroto fazer isso? Desfazer um mundo, apagar as histórias das pessoas e começar tudo de novo? Destruir tudo?

Laura gargalha. Ela, geralmente, ri de modo discreto, mas, dessa vez, ela dá uma boa de uma gargalhada.

– Eu não tenho este poder! Eu não sou capaz de desfazer mundo algum! Ninguém é capaz de fazer isso, nem mesmo os deuses que vivem nos corações dos sóis. Eu só posso criar outros novos. E, claro, garantir que sua essência vá para o próximo mundo que imaginei.

– E por que eu deveria ir?

– Porque é meu presente pra você. Ei, veja! É sua vez de entrar na cachoeira.

– Não quero entrar, já disse!

— Tem certeza?

— Sim! Eu quero lembrar de tudo!

— Bem... ok. Escolhas têm que ser respeitadas — diz Laura, dando de ombros.

Ela sorri e, após um gesto banal de quem espanta uma mosca, faz a vida derreter ao nosso redor. Vejo o entorno evaporar e entendo o que está acontecendo: lá vamos nós outra vez.

1

São Paulo, Brasil,
14 de janeiro de 2015.

Acordo com a luz solar refletida no branco agudo das paredes, ferindo meus olhos. O quarto inteiro é tão branco e limpo, em suas paredes tudo se ilumina. Uma exceção marca o ambiente: um quadro de gosto duvidoso que explode em cores quentes e retrata a versão infantil de um cachorro com a língua de fora. Tento me mover, mas descubro que há tubos finíssimos de plástico entranhados em vários pontos de meu corpo.

Um tubo entranhado em meu pescoço.

Dois tubos brotando de minha mão direita repleta de hematomas.

Tateio-me, como sempre faço, e me dou conta de que, novamente, tenho um pênis. E, desta vez, ele veio com um tubo acoplado: uma maldita sonda urinária.

Antes de poder entender por quê estou neste lugar e em que situação Laura me enfiou, eis que a porta se abre e dou de cara com uma mulher alta, cujos cabelos azuis...

Cassandra?

...parecem pertencer mais ao universo do quadro do cachorro colorido do que ao mundo real infectado de branco. Ela permanece me encarando por um segundo, entre confusa e assustada. Estendo a mão e tento dizer alguma coisa, mas, antes mesmo de abrir a boca, ela me corta:

– *Oh! Sorry, handsome! Sleep again, I'll come back later.*

Cassandra fecha a porta com um estrondo e se vai. Eu mal consigo reagir, estou confuso, tonto e enjoado como se estivesse drogado. Demora pra cair a ficha, mas, então, entendo que estou no quarto de um hospital. A luz se faz, mas, agora, dentro de mim:

eu já vi essa cena antes, a partir de outra perspectiva, quando eu era Cassandra. Quando eu era ela, eu me vi, exatamente neste quarto branco. Que bizarro!

– Isso ainda vai acontecer algumas vezes – diz uma voz feminina à minha esquerda. Meu coração dá um salto com o susto.

– Hein? O quê? – pergunto.

– Sempre acontece com pessoas que são encruzilhadas de realidade. Às vezes, os mundos se cruzam ao redor delas. Mas você se acostuma.

Volto-me para a fonte da voz e a vejo de pé, semblante tranquilo ao meu lado. Laura. Sua forma é perfeitamente humana, mas eu consigo perceber algo de diferente na constituição de seu corpo. Não consigo definir exatamente o que é. Acho que é a forma como a luz reage à presença dela, tornando-a menos nítida se comparada ao resto do ambiente. Laura tremeluz, discretamente. E sorri. A desgraçada *sorri*.

– Que merda é essa? Você me enfiou num hospital, sua vaca?

– Eu lhe prometi um presente, não prometi? Você me ajudou a compreender.

– E o presente é me enfiar num hospital? Me tire daqui agora!

– Impossível, você acabou de passar por uma cirurgia. A alta exige alguns dias.

– O que eu tenho?

– Tinha, não tem mais. Câncer. Uma forma rara de tumor. Já o retiraram.

– Cânc...? Sua escrota! Me tire daqui agora!

– Fique calmo – ela diz e tenta acariciar minha testa.

– Não me toque! Eu vou gritar!

– Pode gritar à vontade, ninguém nos ouvirá. Estamos conversando no entretempo entre um segundo e outro. Enquanto falamos, a vida é um desfile de estátuas.

– Você me enfia num mundo em que eu tenho câncer e chama isso de "presente"? Você é louca!

– *É* um presente. Você tinha câncer em *todos* os mundos. Neste, pelo menos, seu problema tinha solução.

– Do que você está falando?

Laura suspira, me olhando como se eu fosse idiota, e diz:

– George tinha câncer cerebral e não sabia disso. Ele não dava atenção às dores de cabeça. Cassandra tinha, veja você que ironia, câncer precoce de próstata e trabalhava como vidente para pagar o tratamento. Cynthia tinha câncer de pele com metástase óssea. Ercole tinha câncer de fígado e o ignorava. Mesmo que soubesse, não faria diferença. Era tarde demais para ele. Tinha mais uns dois anos de vida, se muito.

– Você tá de brincadeira com a minha cara! – eu digo, suando frio.

– Suas vidas anteriores, sem exceção, eram marcadas pelo câncer. Não fique com essa cara de espanto, não há nada de estranho nisso. Eu li suas anotações. Você tem razão ao dizer que existem algumas coisas que sempre se repetem nos infinitos mundos e o câncer é uma delas. Às vezes, você se safa, às vezes não.

– Mas eu não quero...

– Ninguém quer morrer tão cedo. Não se preocupe. Neste mundo, você já até passou pela cirurgia curativa. Pare de se queixar.

– Eu estou curado? Curado mesmo dessa merda?

– Dessa vez, sim. No futuro, talvez, ele retorne. Talvez, não. Nunca se sabe, quando o assunto é câncer. Faça seu controle médico direitinho e tudo vai correr bem.

– Porra!

Laura sorri e olha meu corpo como se estivesse vendo além dele.

– Não seja tão duro. O câncer é seu corpo tentando ser imortal, mas fazendo isso de um jeito meio atrapalhado. Com o tempo, talvez, você consiga. Se conseguir, a gente se vê pelo universo. Se não conseguir, bem... a maioria das coisas morre mesmo e vira bilhões de outras. Mas não tenha medo, nunca tenha medo da morte. Morrer é se multiplicar. Seria interessante poder experimentar isso, mas eu estou destinada a existir.

— Eu estou livre, então? A realidade não vai mais mudar?

— Sim, seus dias seguirão seu curso neste mesmo universo. Haverá um dia 15 de janeiro e um 16 e um 17 e assim por diante.

— E o que eu faço?

— E eu sei lá! Divirta-se, ora! Tenha uma boa vida! Nela, o que veio antes é bem interessante e posso apostar que o futuro será... divertido. É, "divertido" me parece uma palavra justa — e, dizendo isso, Laura caminha na direção da porta.

— Ei, espere aí! — interrompo. — Aonde você vai?

— Não estou certa. Há uma supernova acontecendo a trinta anos-luz daqui. Nós éramos velhas amigas, a estrela e eu. Talvez, eu vá dançar com ela, antes que ela morra.

— Você é completamente maluca.

— Olha quem fala. Espere só até descobrir as coisas que você escreve...

Laura abre a porta, sorri pra mim pela última vez e, antes de sair, diz:

— Ah, quase esqueço... lamento por Michael Jackson. Não se pode ter tudo, não é mesmo?

Desde então, não mais nos vimos.

2

Alguns minutos se passam e eu continuo sozinho no quarto, pensando nas coisas que vi e experimentei. As coisas que Laura me disse não pareciam críveis, mas, bem, eu *vi* coisas que não são nada razoáveis. Coisas que, eu bem sei, irei esquecer à medida que o dia avançar e a personalidade deste corpo assumir o domínio. Então, eu escrevo, escrevo para não esquecer. Escrevo para garantir que, no futuro, eu – seja lá quem diabos eu for desta vez – *saiba* que há infinitos mundos e que eles se tocam quando menos se espera.

Após dez minutos, um monte de gente começa a entrar. Se eu ainda não sei quem *eu* sou, tampouco sei quem são essas outras pessoas. Elas surgem aos borbotões, sorrindo e fazendo piadas e contando casos que não fazem sentido, e me chamam de "Alex". Evitam me tocar, pra me proteger de uma eventual contaminação. Mas, mesmo sem contato físico, é possível perceber o quanto gostam de mim.

Eu sorrio, como sempre faço. Respondo generalidades. Disfarço bem. Havia me acostumado a fazer de conta, mundo após mundo.

Mesmo fingindo, mesmo não lembrando direito, eu olho pra elas e sinto uma coisa que é como um calor que sobe de meu peito. E esse calor, eu agora sei, é algo que existe, necessariamente, na infinidade de mundos do multiverso.

Ok.

Eu ainda não sei quem sou.

Não sei o que faço neste mundo.

Muito menos sei o que farei com a vida que me foi dada.

Mas, ao olhar para o rosto de todas aquelas pessoas explodindo em gargalhadas que colorem o tédio branco do quarto ao meu redor, naquele instante, eu soube: ainda que seja tudo diferente, de uma forma ou de outra *sempre* existe amor. A vida é contingente, as identidades passam, mas o amor é o que sempre há nos infinitos mundos.

E quanto a quem se foi? E quanto a Julia? E quanto a Martin e Stephanie? E quanto a às pessoas que conheci e todas as que um dia eu fui e nunca mais serei? Suas essências habitam outros corpos neste mundo, mas eu não as quero contingentes. Não as quero acidentais. Elas têm, todas elas, direito à vida.

Posso não ter os poderes de Laura, posso não dançar com as estrelas, mas sei fazer minha mágica. Sei como entrar em contato com os infinitos mundos. Sei como abrir as portas do multiverso e trazer as pessoas de volta.

Farei isso. *Eu juro.*

Pego o caderno e começo a escrever. Desenho um foguete. Um foguete *bem grande*. Lágrimas correm pelo meu rosto e eu juro. Ninguém entende nada, acham que estou passando mal. Não estou, eu juro, eu juro. Faz tempo que não passo tão bem. Um vento sopra forte, ninguém entende de onde vem esse vento tão fora de hora, esse vento intenso e extemporâneo.

Mas eu sei.

Abracadabra!

Eu juro, Júlia. *Abracadabra.*

POSFÁCIO

Das sincronicidades da vida: quando a Presságio Editora me convidou para escrever uma história para uma coleção de literatura fantástica e eu me dei conta de que a coleção se chamava "Infinitos Mundos", não pude evitar uma gargalhada. Eu já estava escrevendo uma história sobre infinitos mundos! Às vezes, eu me pego a pensar no quanto as coisas podem mesmo ser sincrônicas, como se uma trama invisível nos conectasse a partir de uma vontade que nos transcende.

Contextualizando, eu havia acabado de iniciar meu doutorado em Filosofia, e a base que disparou toda a proposta da tese foi a obra do físico Hugh Everet III. Décadas atrás, Everett descreveu uma altamente polêmica teoria da Física Quântica intitulada "Teoria dos Múltiplos Mundos". Não irei atormentar você com Física, basta informar que a ideia de que existem infinitos universos é levada muito a sério. Se os universos são infinitos, entende que, em vários deles, eu e você existimos em variações mais ou menos próximas? Ocorre que é muito tentador trabalhar com literatura fantástica quando se aborda um tema desses em um doutorado. "Extemporâneo" é a minha tentação tornada real.

A ideia de universos paralelos é amplamente explorada pela ficção especulativa. "Stranger Things", série de sucesso em 2016, chega a citar Everett e sua tese. O conceito é, também, explorado em filmes como "A Outra Terra" (prêmio do Festival de Sundance em 2011). Não posso deixar de citar a produção italiana de 1987, "Giulia e Giulia", protagonizada por Kathleen Turner e Sting. Pouco conhecido, "Giulia e Giulia" marcou tão poderosamente a minha vida que o resultado é o livro que você ora tem em mãos, exatos trinta anos depois do filme.

São muitas as implicações éticas e filosóficas da existência de infinitos universos. Uma delas é a de que tudo existe. A outra – que poderá ampliar sua empatia – é entender que, dadas as contingências, cada um de nós poderia ser qualquer pessoa desse mundo. Eu poderia ter sido você. Você poderia ter sido qualquer outra pessoa. Qualquer outra pessoa.

Pensar sobre isso não faz você querer ser mais gentil com os outros? Pensar sobre isso me incomoda bastante, e isso é ótimo.

Veneza, Itália, dezembro de 2016.
Alexey Dodsworth.

Este livro foi impresso pela Gráfica Bartira
na tipologia Baskerville, em papel soft polén 80g/m³ em 2017.